Wiebke Karlotta Hermann

VERHÄNGNISVOLLE RÜCKSICHTSLOSIGKEIT

Wiebke Karlotta Hermann

VERHÄNGNISVOLLE RÜCKSICHTSLOSIGKEIT

© 2023 Wiebke Karlotta Hermann

Herstellung und Verlag: BoD – Books on Demand,

Norderstedt

ISBN: 9783743172906

Ich widme dieses Buch meinen Eltern, die immer für mich da sind, meinen Großeltern, die ich sehr vermisse, den Freundinnen, denen ich vertrauen kann und die ehrlich zu mir sind sowie all jenen, die sowohl aufgrund ihrer Vulnerabilität als auch aufgrund der Rücksichtslosigkeit anderer mit psychischen Problemen - welcher Art auch immer - zu kämpfen haben.

Kapitel 1

Die Sonne strahlte fröhlich vom Himmel. Keine einzige Wolke wagte sich in ihre Nähe. Eigentlich das perfekte Wetter, um einen kleinen Ausflug zu unternehmen. Man könnte zum Beispiel schwimmen, Rad fahren oder einfach nur spazieren gehen. Aurélie, eine hübsche junge Frau, 32 Jahre alt, lange blonde Haare und von schmalem Körperbau, hatte jedoch keine Lust dazu. Schon lange war ihr die Freude an jeglichen Aktivitäten abhandengekommen. Nachdenklich und mit sehr ernster Miene saß sie auf dem Lieblingsstein von Geneviève, ihrer langjährigen Freundin. Der Stein, der ungewöhnlich groß war und deshalb nicht so recht in die Landschaft passen wollte, befand sich an einem Gewässer fernab von Häusern und Menschen, umgeben nur von Wald und Wiesen. Hier war es angenehm ruhig. Aurélie konnte durchaus nachvollziehen, dass sich ihre Freundin oft stundenlang ohne

Kontakt zu anderen an diesem wunderschönen Ort aufhielt, um die Natur zu beobachten. In der Ferne sah man Kälber, die nicht von der Seite ihrer Mütter wichen, die sich in deren Nähe behütet wussten. In dieser idyllischen Umgebung gab es auch noch einige Schmetterlinge, die mit ihren bunten Farben das Leben wenigstens für kurze Zeit doch ein wenig vergnüglicher erscheinen lassen konnten. Man fühlte sich so, als befände man sich in einer anderen Welt, in einer Welt, in der noch alles in Ordnung zu sein schien. Endlich konnte man dem Lärm, mit dem man unweigerlich jeden Tag aufs Neue konfrontiert wurde, entkommen. Für Aurélie hatte es ohnehin den Anschein, als würden die Menschen im Allgemeinen immer unruhiger und ungeduldiger werden. Die junge Frau wusste das nämlich aus eigener Erfahrung. Sie arbeitete derzeit als Ordinationsgehilfin in einer Praxis für Allgemeinmedizin. Die Leute hatten keine Geduld mehr. Keiner wollte warten, jeder pochte auf sein Recht. Die Patienten schienen nicht zu merken, dass sich Aurélie bemühte, sich oft schon wie eine Maschine oder besser gesagt wie ein Roboter vorkam. Sie wollte andere nicht enttäuschen. Stets achtete sie darauf, allen Anforderungen gleichermaßen gerecht zu werden und doch war es nie genug. Es reichte nie, immer wieder hatte jemand etwas auszusetzen, beschwerten sich Frauen genauso wie Männer über die angebliche Langsamkeit der Angestellten. Patienten, die die Ordination aufsuchen mussten, hatten vorher telefonisch einen Termin zu vereinbaren. Unmöglich war oft deren Ausdrucksweise. Durchaus gab es auch viele überaus freundliche Menschen, die anriefen, doch immer wieder waren Personen dabei, die sich so verhielten, als würden sie selbst die für diese Tätigkeit Zuständigen sein. Um nur ein Beispiel zu nennen, kann folgender Vorfall angeführt werden:

Aurélie konnte die Person am anderen Ende der Leitung akustisch sehr schlecht verstehen, weshalb sie einige Male nachfragen musste beziehungsweise darum bat, das bereits Gesagte doch nochmals zu wiederholen. Als Antwort auf ihre Bitte erwiderte der Patient in barschem Ton: *«Sie müssen eben besser aufpassen!»* Die junge Frau fand dieses Verhalten äußerst unangemessen und unhöflich zugleich.

Die Arbeit zehrte gewaltig an ihren Nerven, vor allem auch deshalb, weil Aurélie nicht die Anerkennung erhielt, die sie sich im Grunde genommen doch so sehr wünschte. Am Ende des Tages fühlte sie sich nie erfüllt von ihrer Tätigkeit.

Wenngleich sie geradezu versonnen wirkte, war Aurélie momentan glücklich darüber, sich in dieser geschützten Umgebung zu befinden.

Obwohl – glücklich, konnte man das so sagen?

Glück, was war das überhaupt?

Die junge Frau kam sich in diesem Augenblick vielleicht nicht ganz so angespannt vor wie sonst. Sie konnte sich hier ein wenig sicherer wähnen. Es erfüllte sie mit Freude, wenn es ihr möglich war, dem Gewimmel der Menschen für kurze Zeit zu entfliehen. Man konnte durchaus sagen, dass sie sehr gerne alleine war. Einsam war sie aber nicht. Viel einsamer meinte sie hingegen oft dann zu sein, wenn sie sich in Gesellschaft mehrerer Personen befand, denn sie schien nie so wirklich in die jeweilige Gruppe zu passen. Niemals fühlte sie sich zugehörig.

Als Aurélie schließlich nach rechts blickte, da erschien dort plötzlich eine Frau. Sie ging den steilen Weg, der von einem Berg, der in der Nähe gelegen war, herunterführte, entlang und steuerte direkt auf die junge Dame, der sogleich auffiel, dass die Alte ziemlich ärmlich gekleidet war, zu. Das Weib trug ein Kopftuch, ein solches, wie es Bäuerinnen oft zu tragen pflegten. Das Kleid sah sehr schäbig aus, auch die Schuhe wirkten alt und abgetragen. Nach einer Weile befand sich die Frau, die flotten Schrittes unterwegs war, direkt vor Aurélie, welche sich in dem Moment selber dafür rügte, solche Gedanken überhaupt zu haben.

Durfte man eine Person rein nach ihrem Äußeren beurteilen?

Nein, entschied Aurélie und deshalb versuchte sie bewusst, der Frau mit offenem, direktem Blick und vor allem unvoreingenommen zu begegnen.

Die ältere Dame trat dicht an Aurélie heran und begrüßte sie mit den Worten: «Guten Tag, junge Frau. Das Wetter ist heute herrlich. Am Morgen bin ich bereits zeitig aufgestanden, da die Sonne schon vergnügt beim Fenster hereinlachte. Nach einem ergiebigen Frühstück konnte mich schlussendlich nichts mehr im Haus halten. Ich habe schon den Berg, den man dort hinten sehen kann, erklommen. Es ist sozusagen mein Hausberg, denn früher, als mein Mann noch lebte, habe ich ihn oft zusammen mit ihm bestiegen. Gemeinsam genossen wir den wunderbaren Ausblick, den man von da oben hat.»

Nachdem die Worte der Dame schließlich verklungen waren, war Aurélie augenblicklich davon überzeugt, dass die Frau doch nicht so alt sein mochte, wie es auf den ersten Blick den Anschein gehabt hatte. Schon alleine diese positive Ausstrahlung und der Glanz in ihren Augen ließen sie viel jünger erscheinen. Aurélie stellte sich sogleich vor und bot der Dame an, auf der Bank, die sich direkt neben ihr befand, Platz zu nehmen, um ihr ein wenig Gesellschaft zu leisten. Sie konnte nicht genau sagen, woran es lag, war nicht dazu imstande zu begründen, was ihr das Gefühl gab, sich im Beisein dieser Frau in Sicherheit zu wissen. Normalerweise war Aurélie ein außergewöhnlich verschlossener, nachdenklicher und hochsensibler Mensch. Sie war eine durchwegs introvertierte Person. Befand sie sich aber in ihr sympathisch erscheinender Begleitung, so war sie durchaus dazu fähig, sich anderen gegenüber zu öffnen, insgesamt sogar ein wenig dabei aufzublühen.

Die ältere Dame hieß Magali, ein wunderschöner Name, wie Aurélie fand.

Die beiden saßen lange nebeneinander ohne jedoch miteinander zu kommunizieren. Nachdem Magali aber eine Weile das Antlitz von Aurélie betrachtet hatte, durchbrach sie plötzlich die vorherrschende Stille: «Wie geht es Ihnen?», erkundigte sie sich. Diese Frage war für die junge Frau hingegen eine ärgerliche. Es störte sie, wenn jemand jene Worte in den Mund nahm.

Wer reagierte hierauf schon wahrheitsgemäß?

Die meisten Menschen antworteten mit «*gut*», wahrscheinlich lediglich aus dem Grund, einer weiteren Nachfrage zu entgehen. Einige wollten damit vielleicht auch verhindern, jemandem die eigenen vermeintlichen Schwächen sozusagen auf dem Präsentierteller zu servieren.

Wen interessierte es außerdem wirklich, wie es einer anderen Person ging, noch dazu einem fremden, bis zu diesem Zeitpunkt völlig unbekannten Menschen?

Auch die junge Frau verhielt sich in der Hinsicht nicht anders und beteuerte wie so oft: «Danke, mir geht es gut.» Die alte Dame aber schien sich mit dieser Antwort keineswegs zufriedenzugeben. Sie hakte nach: «Manchmal sagen wir Menschen nicht die Wahrheit, geben vor, dass es uns gut geht, weisen darauf hin, dass unser Leben in Ordnung ist, jedoch nur deshalb, um nicht näher auf den wirklichen Zustand unserer Seele eingehen zu müssen.» Aurélie wusste, dass Magali mit ihrer Einschätzung richtig lag und nahm sich deshalb vor wahrheitsgemäß, ihrer derzeitigen Lage entsprechend, zu antworten. «Es stimmt, es geht mir nicht gut», sagte Aurélie. «Wenn ich ehrlich sein soll, dann geht es mir sogar ziemlich schlecht.» Magali entgegnete: «Oft hilft es, sich einem anderen Menschen anzuvertrauen, seine innersten, geheimsten Sorgen und Nöte jemandem mitzuteilen. Nachher fühlt man sich oftmals freier, vielleicht sogar ein wenig unbeschwerter.»

So kam es schließlich dazu, dass Aurélie ihr Herz ausschüttete und zu erzählen begann.

Kapitel 2

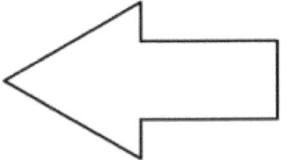

«Immer wieder denke ich über die Vergangenheit nach. Vieles, was ich entweder selbst erlebt habe oder worüber mir berichtet wurde, lässt mich einfach nicht mehr los. So beschäftigen mich derzeit vermehrt Gedanken, die in Zusammenhang mit meiner damaligen Freundin Geneviève stehen», sagte die junge Frau.

«Geneviève wuchs in einem Dorf auf. Sie liebte das Landleben. Ihr Dasein in einer großen Stadt zu fristen, das wäre für sie nicht in Frage gekommen. Es sind einige Kilometer, die uns hier vom Haus ihrer Kindheit, übrigens einem sehr schönen Anwesen mit großem Garten, trennen. Sie war das einzige Kind ihrer Eltern, die unglaublich stolz auf Geneviève waren. Jeder Wunsch wurde der braven Tochter sozusagen von den Lippen abgelesen. Man muss aber durchaus betonen, dass das Mädchen immer schon sehr bescheiden war und nur ganz selten etwas einforderte. Im Dorf gab es nicht viele Kinder. Die meisten waren um einige Jahre älter als Geneviève, was sie aber nicht besonders zu stören schien, denn sie war ohnehin lieber alleine. Fabienne, drei Jahre älter als sie, war in den Jahren ihrer Kindheit - später sollten sich ihre Wege trennen, da sich die Ältere vermehrt mit Schulkolleginnen vergnügte, während Geneviève die gesamte Freizeit der Schule widmete - ihre beste Freundin. Sie wohnte im gegenüberliegenden Haus, einem großen Bauernhof mit Kühen, Hühnern, einem Schwein und vielen Katzen. Bei Fabienne herrschte keine so penible Ordnung wie das bei meiner Kameradin zu Hause der Fall war. Die Mutter von Geneviève war nämlich sehr darauf bedacht, dass jeder Raum stets gründlich aufgeräumt war. Alles wirkte beinahe steril. Die beiden Freundinnen liebten es, gemeinsam Karten zu spielen oder einfach nur Zeit miteinander zu verbringen. Bei Fabienne gab es sogar ein Schwimmbad. Einmal war meine Freundin - damals ein Kind und vielleicht doch noch ein bisschen unbeschwerter als in den darauffolgenden Jahren - beim gemeinsamen Schwimmen anscheinend zu laut gewesen, woraufhin ihr ihre Mutter beim nach Hause kommen erzählte, dass sich eine ältere Nachbarin, die übrigens ihre Umgebung stets mit dem Fernglas beobachtete, über die zu hohe Lautstärke beschwert habe. Sie sagte: «*So plärren...*» Meine Freundin war generell aber ein ruhiges Mädchen. Selten kam es vor, dass Geneviève fröhlich, übermütig und laut war und wenn dann doch einmal dieser ungewöhnliche Umstand eintreten sollte, schien ihr das nicht vergönnt zu sein. Gerne verbrachte das Mädchen Zeit mit Fabienne, dennoch war Geneviève aber auch immer wieder froh darüber, wenn sie von einem Besuch im Nachbarhaus zu den Eltern zurückkehren konnte, denn zu Hause war sie stets behütet und umsorgt. In ihrem Zimmer, das sehr schön eingerichtet und noch dazu geräumig war, hatte sie ihre Ruhe. Somit konnte sie sich ganz ihren Gedanken hingeben», erklärte Aurélie.

«Ja, manche Leute machen ihrem eigenen Unmut Luft, indem sie anderen ihren Spaß nicht gönnen. Sie denken sich dann wahrscheinlich, dass es, wenn es ihnen nicht gut geht, auch anderen nicht gut gehen soll», sagte Magali.

«Im Kindergartenalter angekommen, musste Geneviève schließlich Bekanntschaft mit Kindern ihrer Altersklasse machen. Sie ging nur äußerst ungern in den Kindergarten, konnte sich nicht in die Gruppe integrieren, blieb lieber für sich. Jeden Tag in der Früh gab es Schwierigkeiten. Geneviève wollte nicht aufstehen, nicht in den Bus einsteigen, der sie direkt vor der Haustüre abholte. Ihr graute schon damals vor der mit den anderen Kindern gemeinsam zu verbringenden Zeit. Im Kindergarten musste sie basteln, nach draußen gehen, um dort zu schaukeln oder einfach nur zu spielen. Geneviève, das introvertierte Kind, wollte das nicht. Ihr war es zuwider, sich mit den anderen Mädchen und Jungen zu beschäftigen. Viel lieber blieb sie auf ihrem Stuhl sitzen, um ungestört in einem Buch zu blättern und einfach nur die darin befindlichen Illustrationen zu begutachten. Es gab zwar ein Mädchen, dem sie oft hinterherlief, aber im Grunde genommen konnte man sie schon damals der Kategorie «Einzelgänger» zuordnen. Die Mutter erzählte mir später einmal davon, dass es ihr manchmal schier das Herz brach, wenn sie in den Kindergarten kam, um Geneviève abzuholen, denn diese saß alleine in einer Ecke, während die restlichen Kinder fröhlich miteinander spielten. Kamen Mutter und Tochter nach Hause, so war das Leben für die Kleine wieder in Ordnung. Alles drehte sich hier nur um sie und das schien sie in vollen Zügen zu genießen. Selbst die Übernachtung im Kindergarten, die von allen mit Freude erwartet wurde, machte ihr keinen Spaß. Im Gegenteil, sie weinte, als ihre Eltern sie schließlich alleine zurückließen. Am liebsten wäre es ihr gewesen, wenn auch sie wieder nach Hause fahren hätte können. Geneviève konnte auch ihre Kindergartentante nicht leiden, da diese einmal erwähnte, dass das Mädchen wie ein Junge aussehen würde, weil meine Freundin nämlich damals noch sehr kurze Haare hatte. Als die Kindergartenzeit nach einem Jahr endlich vorüber war, begann der Alltag in der Schule, womit sie sich durchaus besser arrangieren, besser identifizieren konnte als mit dem doch so ungeliebten Kindergarten. Hier war es für sie einfacher, sich zurechtzufinden. Es ging nicht mehr vorrangig um die Freude am Spiel, sondern der Fokus lag eher auf dem Wissenserwerb. Natürlich kann man die Volksschulzeit nicht mit den späteren Schuljahren vergleichen, aber dennoch sei gesagt, dass es bessere Jahre waren als jenes, das Geneviève im Kindergarten verbringen musste. Da sie immer schon ein sehr zartes Kind war und außerdem von einem stetigen Ohrenleiden geplagt wurde, weswegen sie oftmals zum Arzt oder ins Krankenhaus musste, wurde vom Direktor beschlossen, dass es besser sei, Geneviève besuche vorerst die Vorschule. Meine Freundin litt nämlich oft an einer Mittelohrentzündung. Insgesamt drei Mal bekam sie eine Paukendrainage. Grund dafür war ein Seromukotympanon. Kurz bevor sie damals mit dem Bett in den

Operationssaal geschoben wurde, war sie noch gut aufgelegt. Zur Mutter sagte die Ärztin deshalb: «*Die lacht ja noch.*» Geneviève war aber schon immer sehr tapfer und ließ alles über sich ergehen. Sie war stets bemüht, die Gegebenheiten still zu ertragen, um kein großes Aufsehen zu erregen. Obwohl sie sich damals im Kindergarten beispielsweise den Daumen einklemmte, als die schwere Eingangstür zugefallen war, ließ sie sich die Schmerzen nicht anmerken. Hätte die Kindergartenleiterin nicht die Eltern verständigt, Geneviève wäre einfach dort geblieben. Als eine Familie sie zum Ski fahren mitnahm, schmerzte plötzlich ihr Fuß richtig stark. Sie hielt aber so lange durch und fuhr immer wieder den Berg hinunter, bis schlussendlich wirklich nichts mehr ging. Das zeigt, dass sie eine unglaublich zähe Person war», gab Aurélie zu verstehen. «Ein wenig enttäuscht war meine Freundin damals schließlich von ihrer behandelnden Ohrenärztin, die sie grundsätzlich sehr gerne mochte, als ihr die Mutter nach einem erneuten Besuch in der Ordination erzählte, dass diese zu ihr gesagt habe, sie glaube, Geneviève bilde sich den erneuten Druck auf den Ohren nach der Operation - also die Tubenbelüftungsstörung – nur ein. Das Mädchen konnte diesen Gedankengang nicht nachvollziehen.

Wer ging schon gerne freiwillig zu einer Untersuchung?

Geneviève erhielt schließlich auch Ohrstöpsel, welche sie sowohl beim Baden als auch beim Haare waschen benutzen musste. Das Schwimmen war für sie immer anstrengend, denn stets musste sie den Kopf streng nach oben halten, damit - trotz Schutz - kein Wasser in die Ohren kommen konnte. Gott sei Dank waren die Eltern immer sehr auf das Wohl von Geneviève bedacht, denn bei einer eventuellen Nichtbeachtung der Symptome hätte auch der Fall einer sich zu einem späteren Zeitpunkt entwickelnden Schwerhörigkeit eintreten können.

Meine Freundin war zwar schon damals sehr intelligent, doch all das nützte letztendlich nichts, denn aufgrund ihrer körperlichen und gesundheitlichen Verfassung musste sie dieses eine Jahr in der Vorschule, welches ihr jedoch - im Nachhinein betrachtet - keinesfalls geschadet hatte, absolvieren», betonte Aurélie.

«Das Leben zwingt uns immer wieder dazu, das zu machen, was wir eigentlich nicht wollen. Wir werden geboren und schon allein dieser Umstand ist maßgebend für unsere weitere Existenz.

Kommen wir in einer Familie zur Welt, die wohlhabend ist oder in einer, deren finanzielle Mittel eher im unteren Einkommensbereich angesiedelt sind?

Werden wir in der Folge von unseren Eltern gut oder schlecht behandelt?

Unterstützen sie uns beim Erreichen unserer Ziele oder sträuben sie sich gegen unsere Wünsche?

Manche Menschen müssen sich von Anfang an aus eigener Kraft alles hart erarbeiten, während anderen alles gleichsam in den Schoß fällt und diese somit viel bessere Startbedingungen für ein gelungenes Leben vorfinden. Wenn wir noch ganz klein sind, können wir unsere dann meist noch existierende Freiheit nicht unbedingt genießen, da wir uns dieser nicht wirklich bewusst sind. Später ist dieser Zustand nicht mehr gegeben, denn das vorherrschende System sorgt dafür, dass wir die uns vorgeschriebene Laufbahn einschlagen. So müssen wir den Kindergarten besuchen, später die Schule, als männlicher Staatsbürger den Wehrdienst oder den Zivildienst absolvieren, nachher eine Ausbildung abschließen, um schließlich jahrzehntelang in unserem Beruf auszuharren, bis wir endlich die lang ersehnte Pension antreten können, vorausgesetzt natürlich, dass wir diese dann überhaupt noch erleben. Viele Leute sind aber zu diesem Zeitpunkt entweder körperlich oder psychisch bereits derart gebrochen, dass sie nicht mehr dazu fähig sind, diese Phase dementsprechend genießen zu können. Es existiert also in unserem Leben gewissermaßen ein Hamsterrad, in dem wir gefangen sind, sollten wir nicht versuchen, auf irgendeine Art und Weise auszubrechen, uns zum Beispiel durch die Einnahme von Drogen oder durch die Zufuhr von Alkohol zu betäuben, um all das nicht bewusst ertragen zu müssen. Dann aber ist wiederum die Gefahr gegeben, möglicherweise abzurutschen und schlussendlich mittellos auf der Straße zu landen. Wir mühen uns also unser ganzes Leben lang ab, um früher oder später sowieso im Grab zu enden», erklärte Aurélie.

Magali erwiderte: «Ja, das sind natürlich Tatsachen. Wir werden geboren, um schließlich wieder zu sterben. Wie wir aber die Zeit auf Erden verbringen, das können wir durchaus auch selber ein wenig mitbestimmen. Wichtig ist beispielsweise, dass wir uns in der jeweiligen Berufssparte, in der wir tätig sind, wohlfühlen. Ist das nicht der Fall, kann diese negative Stimmung, von der wir schlussendlich unweigerlich erfasst werden, unser ganzes Dasein beeinflussen.»

Aurélie sagte: «Ich möchte Ihnen aber nun das weitere Leben von Geneviève schildern: Nach der Vorschule kam sie in die erste Klasse. Hier machte sie einige durchaus positive Bekanntschaften, wobei sie eine Schülerin, welche Coralie hieß, besonders gerne mochte. Dieses Mädchen war ein halbes Jahr jünger als Geneviève. Die beiden waren vier Jahre lang Banknachbarinnen und unzertrennlich, wie es zumindest den Anschein hatte. Meine Freundin mochte Coralie mit Inbrunst, von ganzem Herzen also, denn wenn sie von jemandem begeistert war, dann mit voller Überzeugung. Die Zeit, die Geneviève in der Volksschule verbrachte, war für sie eine durchaus schöne. Jeden Tag nach Schulschluss wurde sie von einem kleinen Bus in der Nähe ihres Elternhauses abgesetzt. Der Weg, den sie zu Fuß zurücklegen musste, war für sie jedoch immer mit Angst besetzt. In einem Nachbarhaus lebte eine ältere Frau, welche Besitzerin eines Hundes war. Immer dann, wenn meine Freundin vorbeiging, lief dieser zu ihr auf die Straße. Das war sehr unangenehm für sie, da sie sich vor Hunden fürchtete. Einmal nämlich, als sie gemeinsam mit der Mutter und Fabienne mit dem Rad an diesem Haus vorbeigefahren war, hatte das Tier ihr die Hose zerrissen und auch ihr Bein ein wenig mit den

Zähnen erwischt. Die Mutter und die Freundin standen daneben, da sie vom Rad abgestiegen waren, während meine Freundin im Kreis fuhr, schließlich jedoch ihr Fahrrad in die Wiese warf, um davonzulaufen. Somit war es dem Hund aber schlussendlich möglich, sie zu erwischen - ein Vorfall, welcher die Angst vor diesen Tieren zukünftig nicht schmälern sollte. Von einem Menschen wurde sie aber auch schon einmal verletzt – nicht nur innerlich, denn das passierte sehr, sehr oft, sondern auch äußerlich. Bereits als Kind hatte sie also schon viele schlechte Erfahrungen machen müssen, vielleicht ein Grund mehr, weshalb sie später auch mit Männern nichts zu tun haben wollte. Damals hatte sie ein Junge, der ungefähr in ihrem Alter war, im Geschäft ihrer Großmutter in die Umkleidekabine gedrängt und sie dort in die Wange gebissen. Den Abdruck der Zähne konnte man noch lange danach erkennen. Die Mutter des ungestümen Burschen wurde daraufhin nicht mehr im Laden gesehen. Wahrscheinlich war doch eine gewisse Scham vorhanden. Meine Freundin hätte in späteren Jahren beim anderen Geschlecht durchaus Chancen gehabt. Manchmal berichtete sie mir auch von gewissen Situationen, letztendlich zog sie es jedoch vor, alleine zu bleiben. Einen Vorfall möchte ich aber erwähnen. Sie besuchte in jungen Jahren neben einem

Gebärdensprachkurs auch einen Computerkurs, um den Computerführerschein zu absolvieren. Der Vortragende, ein Mann mittleren Alters, Vater eines Kindes und liiert noch dazu, schrieb ihr mitten in der Nacht eine Nachricht, um ihr mitzuteilen, wie *«entzückend»* er sie fände. Er wollte sie zum Kaffee trinken einladen. Dieses Treffen sollte aber nie stattfinden, weil ihm meine Freundin eine Abfuhr erteilte.»

«Geneviève und Coralie besuchten nach der Volksschule gemeinsam das Gymnasium. Während Coralie ein eher offenes Mädchen war und auch den Kontakt zu anderen suchte, bevorzugte es Geneviève, die Pausen ausschließlich zu zweit zu verbringen. Ihre Kameradin sah das jedoch anders und so musste es schließlich unweigerlich dazu kommen, dass sich Coralie von ihr abwandte und sich in der dritten Klasse eine neue beste Freundin suchte. Geneviève war ihr schlicht und einfach zu langweilig geworden. Die Neue war mit Beginn des Schuljahres zur Klassengemeinschaft hinzugestoßen, denn vorher hatte sie eine andere Schule besucht. Die Mädchen wollten nun natürlich alles über sie erfahren. Die neue Schülerin war sozusagen in kurzer Zeit zum Mittelpunkt des Interesses geworden. Wurde Geneviève früher von Coralie zu sich nach Hause eingeladen, so blieben diese

Zusammenkünfte nun aus. An ein Erlebnis konnte sich meine Freundin noch ganz genau erinnern. Sie erzählte mir einmal, dass Coralie sie damals zu einer Feier eingeladen, ihr dann aber mitgeteilt habe, dass diese nicht stattfinden würde. Sie erfuhr jedoch schließlich, dass das eine Lüge gewesen war und somit stellte dieses Erlebnis eigentlich den ersten großen Vertrauensbruch in ihrem Leben dar. Für Geneviève, die sich so sehr auf den alleinigen Kontakt zu Coralie versteift hatte und selber sehr ehrlich war, war das eine einschneidende Erfahrung. Sie konnte nicht verstehen, wieso die Freundschaft zerbrochen war, denn schließlich hatte sie nichts falsch gemacht. Ihre langjährige Freundin hatte sie schlicht und einfach ausgetauscht, sie durch jemand anderen ersetzt. Sie kannte so ein Verhalten nicht. Zu Hause hielten alle zusammen und unterstützten sich gegenseitig, während sie hier mit einer neuen Situation konfrontiert wurde, die sie nicht so recht einordnen, nicht verarbeiten konnte. Sie war sich der Freundschaft sicher gewesen. Immerhin waren es sechs gemeinsame Jahre inniger Verbundenheit, die sie miteinander verbracht hatten, so schien es zumindest. Geneviève war sehr traurig und maßlos enttäuscht von ihrer angeblichen Freundin, die sich, als wenn das nicht schon genug gewesen wäre, dann auch noch zusammen mit ihrer neuen Bekanntschaft von Zeit zu Zeit durch Zufügen kleiner Gemeinheiten gegen sie verschwor. Geneviève fühlte sich auf eine gewisse Art und Weise hintergangen. In späteren Jahren hatte sie eine ruhige Banknachbarin, zu der sie aber in den Folgejahren keinen Kontakt mehr haben sollte. Vorher, noch in der Unterstufe, musste sie neben einer Schülerin sitzen, deren Gegenwart sie nur schlecht ertragen konnte. Dieses Mädchen war rechthaberisch und meinte stets, alles besser zu wissen. In einer Unterrichtseinheit wandte es sich an Geneviève und erkundigte sich bei ihr, was denn die Lehrerin vorhin gesagt habe. Als meine Freundin erwiderte, dass sie es nicht wisse, sagte diese Schulkollegin zu ihr: «*Du passt aber auch gar nicht auf!*» Wäre sie damals schlagfertig gewesen, so hätte sie erwidert: «*Du aber auch nicht, denn sonst wüsstest du es schließlich selbst!*» So kam es schlussendlich dazu, dass sich Geneviève wieder mehr auf sich selbst zu fokussieren begann. Sie wandte sich nun ganz und gar den schulischen Anforderungen zu. Am Abend holten Mutter und Tochter den Vater von der Arbeit ab. Oftmals ging Geneviève direkt in die Firma. Wenn die beiden diese dann gemeinsam verließen, fragte der Vater oft laut im Beisein der anderen Mitarbeiter, um sicherzustellen, dass sich die Tochter auch wirklich vorschriftsmäßig verabschiedet hatte: «*Hast du etwas gesagt?*» Das war meiner Freundin immer unangenehm. Auch der Vater wollte es allen anderen recht machen. Früher riefen zu Hause beispielsweise oft Bauern an, um bekanntzugeben, dass sie mit dem Mähdrescher auf dem Feld unterwegs waren, wobei dieser plötzlich nicht mehr funktioniert hatte. Der Vater, der handwerklich sehr geschickt war und einfach alles reparieren konnte, fuhr dann sogleich los, um die Angelegenheit so schnell wie möglich wieder in Ordnung zu bringen. Erhalten hatte er für seine jeweils erbrachte Leistung aber in den meisten Fällen nie etwas. Die Mutter - sehr dominant und stets um das Wohl der Familienmitglieder besorgt - ignorierte schlussendlich das Läuten des Telefons, um zu verhindern, dass ihr Gatte ausgenutzt wurde. Zu ihrer Tochter, die im Grunde genommen genauso gutherzig war, sagte sie oft: «*Du bist zu gut für diese Welt. Alle sind nicht so ehrlich. Die Welt ist schlecht.*», gab Aurélie bekannt.

«Es ist tatsächlich so, dass man sich vorsehen muss, wem man vertrauen kann und wem nicht. Nicht alle Leute handeln in guter Absicht, wenn sie sich mit uns abgeben. Von vielen Menschen wird man lediglich ausgenutzt», sagte Magali.

«In der ihr nur spärlich zur Verfügung stehenden

Freizeit hatte Geneviève, nachdem sie sich zwei Jahre lang mit der Blockflöte beschäftigt hatte, mit dem Gitarre spielen begonnen, was ihr jedoch auch gleich von Beginn an verleidet wurde. In der ersten Stunde händigte ihr der Lehrer nämlich keine Gitarre in normaler Größe aus, sondern eine kleinere. Die andere Schülerin, die mit ihr gemeinsam die Stunde besuchte, bekam jedoch eine der Norm entsprechende, obwohl sie sogar ein wenig jünger war als meine Freundin. Geneviève kam sich somit wieder einmal anders vor und jedes Mal, wenn sie ihre Gitarre betrachtete, wurde sie erneut mit diesem Gedanken konfrontiert. Sie war zarter als das andere Mädchen, weshalb sie ein ihrer Körpergröße angepasstes Instrument erhielt. Dessen war sie sich durchaus bewusst, dennoch fand sie es ungerecht. Geneviève mochte die andere Schülerin nicht. Diese spielte viel schlechter Gitarre als sie, wies überdies ein sehr infantiles Verhalten auf und trotzdem bekam sie ein Instrument wie für eine Erwachsene gemacht. Meine Freundin übte nur ungern, eigentlich immer nur kurz vor dem Unterricht. Kurzfristig war sie auch in einer Gruppe aktiv, in welcher eine Schülerin mit der Flöte, eine zweite mit der Zither und sie mit der Gitarre vertreten war. Die Vortragsabende mochte Geneviève nicht, da sie es immer ungerecht fand, dass ihre

Eltern und Großeltern gemütlich und entspannt im Publikum sitzen konnten, während sie dazu gezwungen war, im Mittelpunkt zu stehen und sich auf der Bühne abzumühen. Viel lieber hätte sie die Rollen getauscht. Sechs Jahr lang spielte sie schließlich Gitarre, wobei sie von vielen ihrer Lehrer, die ständig wechselten - fünf an der Zahl – insgesamt nicht sehr begeistert war. Ein Musikschullehrer, der ihr durchaus seltsam vorkam, bohrte beispielsweise ständig im Ohr, bevor er die Gitarre der Schülerinnen in die Hand nahm, um diese zu stimmen. Zwei andere - ein Mann und eine Frau - waren ihr außerdem nicht sehr sympathisch beziehungsweise eher gleichgültig. Am Ende des Schuljahres war es bei der Dame üblich, dass man nach der Zeugnisvergabe zum Eis essen eingeladen wurde. Da sie aber darüber informiert war, dass Geneviève kein weiteres Jahr in der Musikschule verbringen würde, bekam das Mädchen schlussendlich kein Eis mehr, was ungerecht war, denn eigentlich sollte das doch die Belohnung für die vorangegangenen Monate sein. Meine Freundin fand eine Lehrerin hingegen sehr «*cool*», wie sie sagte, denn diese hatte unglaublich viele Piercings im Gesicht, wobei sie dann wahrscheinlich vom Direktor dazu aufgefordert wurde, einen Großteil entfernen zu lassen, da man in den folgenden Stunden nur mehr wenige davon sah. Vor allem aber mochte Geneviève einen eher jüngeren Lehrer besonders gerne, da ihr sowohl sein gesamtes Auftreten als auch sein Erscheinungsbild sehr gut gefielen. Schließlich sollte sie jedoch erfahren, dass dieser Herr einige Jahre später überraschend verstorben war. Alles in allem weinte sie nach Beendigung ihrer „musikalischen Laufbahn" der Musikschule aber keine einzige Träne nach. Im Gegenteil, sie war froh, von dieser Belastung befreit zu sein», versicherte die junge Frau.

«Um auf ihre Großeltern zurückzukommen: Geneviève mochte sowohl ihre Großmutter, welche sie oft mit einer gebratenen Forelle verwöhnte als auch ihren Großvater sehr gerne. Der Opa konnte sich immer unglaublich gut in die jeweilige Lage, in der sich Geneviève gerade befand, hineinversetzen. Er war ein wirklich tüchtiger Mann und erreichte sehr viel in seinem Leben. In späteren Jahren sagte er oft zur Enkeltochter, wenn diese wieder einmal kurz davor war, sich unterkriegen zu lassen: *«Hau einmal auf den Tisch!»* Außerdem machte er manchmal, wenn Geneviève traurig wirkte, die Bemerkung: *«Es darf gelacht werden.»* Vor allem sind ihr die Telefonate mit ihm in Erinnerung geblieben. Am Abend sagte er oft zu ihr: *«Schlaf gut, träume süß.»* Der Großvater, der ein sehr lebenslustiger Mensch war und die Hoffnung nie aufgab, musste vor seinem Tod aber lange leiden. Es war ihm somit kein schöner Lebensabend vergönnt. Er benötigte Pflegerinnen. Sie kamen aus Bulgarien und waren sich dessen sofort bewusst, dass sie stets die Hilfe des gutmütigen Vaters in Anspruch nehmen konnten. Eigentlich war er gewissermaßen zum dritten Pfleger avanciert. Geneviève hatte auch noch einen zweiten Großvater, dem es am Ende nicht viel besser ergehen sollte. Er hatte einer befreundeten Familie viel Geld geschenkt, weshalb seine Tochter sehr verärgert war und ihn daraufhin, da er im oberen Stockwerk wohnte und ohne Hilfe nicht mehr nach unten kam, in seinem Zimmer dahinvegetieren ließ. Meine Freundin erzählte mir einmal davon, dass sie von ihrem Haus aus beobachtet hatte, wie er in seinem Raum verwirrt mit der Taschenlampe herumhantierte. Am Ende kam er nach einem Jahr Isolation in die Psychiatrie», beteuerte Aurélie.

Die junge Frau hielt plötzlich in ihrer Erzählung inne und holte tief Luft. «Eigentlich ist das alles ziemlich traurig», sagte sie. «Vor allem für Geneviève war diese Erfahrung, die sie bereits in jungen Jahren machen musste, nicht leicht zu ertragen. Man verliert eine Freundin, deren Freundschaft man sich doch so sicher gewesen war und plötzlich steht man sozusagen alleine da und lernt das Leben zum ersten Mal von einer anderen Seite kennen, nämlich von derjenigen, die uns Verletzungen zufügt, jedoch keine äußeren, sondern innere. Die Isolation ihres Großvaters – dieses Geschehnis ereignete sich jedoch erst in späteren Jahren – war ebenso eine tragische und einschneidende Erfahrung für sie. Es sah so aus, als wäre der Mann dement, doch eigentlich resultierte sein eigentümliches Verhalten aus dem Jahr, das er ganz alleine und ohne die Möglichkeit zu erhalten, nach draußen zu gehen, in völliger Isolation verbringen musste. Generell war das Verhältnis zu der für diese Aktion verantwortlichen Verwandten anschließend rasch abgekühlt. Auch ihr Sohn war nicht wirklich freundlich gesinnt, da er Geneviève nicht zu seiner Hochzeit eingeladen hatte, ihre Eltern jedoch schon. Diese nahmen aber schließlich auch nicht an der Feier teil, denn sie waren ihrer Tochter gegenüber loyal und wollten auf keinen Fall ohne sie bei dieser Feierlichkeit erscheinen», erklärte Aurélie.

Magali betrachtete die junge Frau nachdenklich und bat sie, mit der Erzählung der Geschichte fortzufahren.

Kapitel 3

«Geneviève stand morgens auf, ging zur Schule, unterhielt sich aber mit fast niemandem, sondern schenkte lieber ihren Büchern und Heften die notwendige Aufmerksamkeit. Zu Hause angekommen, setzte sie direkt nach dem Mittagessen ihre schulischen Aufgaben fort, indem sie sich vom frühen Nachmittag bis zum späten Abend mit ihren Hausaufgaben und dem Lernen für Tests und Schularbeiten, von denen es nie zu wenige gab, beschäftigte. Sie war eigentlich – sehr übertrieben ausgedrückt – in gewisser Weise von masochistischen Zügen geprägt, denn sie zwang sich selbst dazu, so lange zu lernen, bis sie dazu fähig war, den gesamten Stoff fehlerfrei auswendig aufzusagen. Man könnte behaupten, sie lebte alleine der Schule wegen, was natürlich unweigerlich auch dazu führen musste, dass sie sich selbst einen riesengroßen Druck auferlegte, dem sie unbedingt standhalten wollte. Sie war jedes Mal überaus glücklich darüber, wenn sie schließlich mit einem «Sehr gut» belohnt wurde. Darin fand sie sozusagen die Bestätigung für die unendlich große Mühe, die sie sich gab. Sie erzählte mir einmal, dass eine Schülerin zu ihr sagte, dass das für sie wohl die einzige Freude sei, wenn sie eine gute Note erhalte. Diese Schulkollegin war es aber auch, die Geneviève manchmal zu Hause anrief, da ihr meine Freundin die Latein-Übersetzung für den kommenden Tag telefonisch durchgeben sollte. Weil sie ein so gutmütiger Mensch war, ließ sie sich natürlich darauf ein. Wurde sie nicht daheim kontaktiert, erfolgte das Abschreiben der so akribisch und mühevoll erarbeiteten Übersetzung am nächsten Tag direkt in der Schule. Einmal half sie einer Schulkollegin während einer Latein-Schularbeit, indem sie dieser ihr Heft fast schon vor die Nase hielt, damit sie dazu fähig war, das bereits Übersetzte abzuschreiben. Diese Mitschülerin versprach ihr, dass sie dafür etwas bekommen werde. Erhalten hatte sie schlussendlich nichts. Während ihre Klassenkameradinnen die Pause zusammen verbrachten, war Geneviève strikt darauf bedacht, sich kein Stück von ihrem Platz wegzubewegen, um sich auf die nächste Stunde vorbereiten zu können. Schließlich konnte ja der Stoff der letzten Einheit überprüft werden und sie wollte sich nicht die Blöße geben, etwas nicht zu beherrschen, denn eine schlechte Leistung in einer mündlichen Prüfung konnte natürlich auch die Gesamtnote negativ beeinflussen. Was sie sehr verärgerte, war die Tatsache, dass eine Schulkollegin Geneviève vor einem Physiktest dazu aufforderte, dass ihr diese doch ihren Taschenrechner geben solle, denn sie hatte ihren eigenen zu Hause vergessen, benötigte aber unbedingt dieses Gerät, um schummeln zu können. Die anderen hatten sich nämlich diverse Aufgaben abgespeichert, um sie dann beim Test auf diese Art und Weise abzurufen. Kurz vor der besagten Stunde drängten alle meine Freundin lautstark dazu, doch den Rechner, da sie selbst ihn nicht benötigen würde, an die andere Schülerin weiterzugeben. Geneviève, die sich stundenlang auf den Test vorbereitet und deren Mutter ihr noch davon erzählt hatte, das besagte Mädchen am Vortag gemütlich beim Eis essen in der Stadt gesehen zu haben, fand das sehr ungerecht und verweigerte somit die Aufforderung. Da auf jedem Gerät der jeweilige Name der Schülerin beziehungsweise des Schülers zu lesen war und schlussendlich angenommen werden könnte, dass auch sie, obwohl sie doch gelernt hatte, die nötigen Inhalte abgespeichert hätte, wollte sie das Risiko nicht eingehen. All das brachte Geneviève schlussendlich aus dem Konzept, stresste sie also innerlich so sehr, dass sie beim Test selbst plötzlich nichts mehr wusste, sozusagen ein richtiges Blackout hatte, das sich jedoch durch eine kleine Hilfestellung eines Mitschülers, nämlich durch das Zuflüstern des ersten Wortes eines Absatzes, beheben ließ. Daraufhin war meine Freundin also wieder dazu fähig, das Gelernte Wort für Wort niederzuschreiben. Gott sei Dank, denn schließlich hätte sie für etwas büßen müssen, was andere verschuldet hatten. Geneviève traf sich in der Freizeit nur ganz selten mit einer Freundin, nahm sich nicht einmal Zeit dafür, mit zum Einkaufen zu fahren, weshalb ihr später auch die soziale Komponente und alles was damit zusammenhängt ferner liegen sollte als dies bei anderen der Fall sein würde. Besuchte sie beispielsweise - was höchst selten vorkam - zusammen mit ihrem Vater Bekannte, so blieb sie stets bei den Erwachsenen sitzen ohne jegliche Lust zu verspüren, sich mit den dort anwesenden Kindern in ihrem Alter zu beschäftigen. Sie fühlte sich an der Seite älterer Personen sicherer, dieser Umgang war ihr einfach angenehmer. Sie mochte auch keine Feiern oder Veranstaltungen. Ging sie doch einmal zu einer Geburtstagsfeier, weil sich dies nicht vermeiden ließ, so fühlte sie sich äußerst unwohl in der Gemeinschaft der anderen. Sie mochte beispielsweise keine Torten, war also auch was das Essen betraf sehr wählerisch. Sie fürchtete sich geradezu schon vor dem Verteilen der Geburtstagstorte, zu dem es unweigerlich kommen musste. Als sie in späteren Jahren einmal ein größeres Fest besuchte – lediglich deshalb, weil eine Schulkollegin sie dazu überredet hatte -, gefiel ihr die dort herrschende Atmosphäre überhaupt nicht. Viele der jungen Leute waren betrunken, torkelten oder alberten herum. Sie konnte nicht verstehen, was daran so toll sein soll. Generell ging sie nur dann irgendwohin, wenn dies erforderlich war beziehungsweise ließ sie sich nur deshalb darauf ein, weil jemand anderer sich das wünschte. Die Initiative ging also nie von ihr selber aus. Geneviève fühlte sich immer anders, anders als alle anderen», sagte Aurélie und blickte bei diesen Worten lange zum Himmel hinauf.

Ein Vogelschwarm erhob sich just in diesem Augenblick über dem kleinen Teich, der sich in der Nähe befand. Dieses Naturschauspiel war schön anzuschauen. Alle Vögel waren dicht beisammen und flogen Seite an Seite über den Wald hinweg.

Wo ihre Reise sie wohl hinführen mochte?

Die Alte richtete ihren Blick nun ebenfalls nach oben. Aurélie wollte nicht nach ihrem Alter fragen, denn das wäre schließlich unhöflich gewesen. Sie mochte wohl schon um die achtzig Jahre alt sein, denn bei näherer Betrachtung ihres Gesichtes erblickte Aurélie viele kleine Falten. Sie hatte außerdem einen leichten Buckel, war also gekennzeichnet vom Leben, von der Arbeit, aber dennoch wirkte sie irgendwie befreit und von Freude erfüllt. Sie sah so aus, als wäre sie mit ihrem Leben vollauf zufrieden. Dieses Strahlen in den Augen war Aurélie vorhin schon aufgefallen. Sie selbst konnte sich nicht daran erinnern, jemals ein ähnliches Leuchten beim Betrachten ihres eigenen Antlitzes im Spiegel gesehen zu haben. Im Gegenteil, wenn sich die junge Frau selbst sah, dann fand sie immer etwas, was es zu bemängeln gab, sei es nun ihre Figur, ihr Kinn, das hin und wieder - sowohl durch emotionalen Stress verursacht als auch hormonell bedingt - von unschönen roten Pusteln übersät war oder einfach generell ihre gesamte Erscheinung. Wenn die Haut wieder einmal sehr stark entzündet war, weil aufgrund der andauernden psychischen Belastung das körpereigene Immunsystem geschwächt war und somit die hauteigenen Bakterien ein leichtes Spiel hatten, sich besonders im Kinnbereich sehr wohl fühlten, war dieser Umstand für Aurélie immer unglaublich belastend. Ärgerte sie sich schließlich zu sehr über die geröteten Hautstellen, so belastete diese Unzufriedenheit wiederum ihre psychische Gesundheit. Es existiert eben eine Interaktion zwischen Haut und Psyche. Nicht umsonst heißt es ja bekanntlich: «*Die Haut ist der Spiegel der Seele.*» Jedes Mal war es also in gewisser Weise ein «*Circulus vitiosus*», der in Gang gesetzt wurde. Für Aurélie gab es einfach keinen Tag, an dem sie sich vollends wohlfühlte, wenn sie sich selbst im Spiegel betrachtete.

Irgendetwas musste Magali glücklich machen, doch was konnte das bloß sein?

Sprach sie nicht vorher davon, ihren Mann verloren zu haben?

Eigentlich müsste sie doch traurig sein oder etwa nicht?

Aurélie wollte nicht den Eindruck von Neugierde erwecken, aber dennoch ließen ihr diese Gedanken keine Ruhe.

«Entschuldigen Sie meine Indiskretion, aber was führte eigentlich schlussendlich zum Tod ihres Mannes?», fragte die junge Frau. «Mein Gatte ist an einer Lungenentzündung gestorben», antwortete die Dame. «Seitdem sind mittlerweile sieben Jahre vergangen. Anfangs war ich sehr traurig. Tag und Nacht habe ich ihn vermisst, stundenlang habe ich geweint. Damals konnte ich mir ein Leben ohne meinen Ehemann in keiner Weise vorstellen. Schließlich waren wir über dreißig Jahre lang verheiratet. Mit der Zeit habe ich aber erkannt, dass ich lernen muss, ihn loszulassen, dass ich damit beginnen muss, mich um mich selbst zu kümmern, denn ansonsten würde ich meine ganze Lebensfreude verlieren und wem würde das schließlich etwas nützen?»

Aurélie betrachtete die Frau voller Ehrfurcht und stellte sogleich die nächste Frage: «Wie schafft man das, wie kann man sich von jemandem lösen, den man doch so sehr geliebt hat?» Magali blickte der jungen Dame lange in die Augen und sagte schließlich: «Man muss es wollen, man muss es ganz fest wollen. Wenn man etwas wirklich will, dann schafft man das auch.»

Aurélie konnte nur Respekt vor Magali haben. Sie war nun in ihren Augen keine ärmliche Frau mehr, sondern im Gegenteil, eine reiche. Reich nicht im finanziellen Sinne, sondern im emotionalen. Sie verstand es, ihre Ziele zu erreichen ohne aber ihr gutes Herz dabei zu verlieren. «Das Leben ist nicht immer leicht», sagte die alte Dame, «aber man muss lernen, es so leicht wie möglich zu nehmen. Sehen Sie sich all die verbissenen, unzufriedenen Gesichter an, denen man auf den Straßen begegnet. Die Leute wirken abgehetzt, unglücklich. Sie haben den Sinn in ihrem Leben noch nicht gefunden, werden ihn vielleicht niemals finden. Wir alle sind so einfach zu manipulieren. Uns wird beispielsweise vermittelt, dass zu Weihnachten Geschenke wichtig sind, zu Silvester sei es hingegen unerlässlich, Raketen in den Himmel zu schießen, mit möglichst vielen Personen zu feiern, denn wer das nicht tut, der ist ohnehin schon außen vor, der ist nicht «in», sondern einfach nur langweilig. Geht man am Silvestertag einkaufen, so sieht man, wie beeinflussbar die Menschen wirklich sind. Alle kaufen wie verrückt ein, nur um dazuzugehören und um nicht sagen zu müssen, man habe den Tag wie jeden anderen auch verbracht. Viele von ihnen meinen außerdem, Geld mache glücklich. Ich aber bin der Meinung, dass nur diejenigen ihr persönliches Glück finden, die ein gutes, ein warmes Herz besitzen, ein Herz, das sie nicht mit aller ihnen zur Verfügung stehenden Kraft zu verschließen versuchen»

Was nützt ein Herz, das mit einer Kette umwickelt, mit einem Schloss versperrt ist – versiegelt und unzugänglich für sich und die anderen?

Man kann nur unglücklich werden, denn man ist nie wirklich frei. So wie das Herz verschlossen, verhärtet und kalt ist, so ist es schlussendlich auch der gesamte Mensch. Anstatt Liebe empfinden zu können, sind diese Personen erfüllt von Hass, den sie, sind sie wütend, ungeniert an anderen auslassen.»

Aurélie war davon überzeugt, dass sie von dieser Dame noch viel lernen könne, deshalb sagte sie: «Ich finde, Sie sind eine sehr kluge Frau. Ich würde mich gerne noch länger mit Ihnen unterhalten, doch wie so oft drängt leider die Zeit und ich bin dazu gezwungen, aufzubrechen. Wäre es möglich, dass wir uns morgen wieder treffen?»

Magali fand die Idee ausgezeichnet und antwortete deshalb prompt: «An mir soll es nicht liegen. Was halten Sie davon, wenn wir diesen Platz zu unserem Treffpunkt auserwählen?» Aurélie zeigte sich sofort begeistert und so vereinbarten sie, sich am darauffolgenden Tag erneut zu sehen.

Kapitel 4

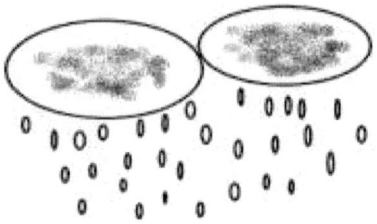

Am nächsten Tag war es jedoch sehr windig, regnerisch und kühl. Eigentlich das perfekte Wetter zum Ausruhen, aber Aurélie wollte das Treffen mit Magali auf keinen Fall versäumen. So ging sie zwei Stunden später den steinigen Weg, der sie an ihr Ziel führen sollte, entlang. Sie hoffte, nicht zu stolpern, denn es war hier ein wenig matschig und wenn sie ungeschickt wäre - das war sie ihrer eigenen Ansicht nach sehr oft -, konnte es durchaus passieren, dass sie hinfiel. Das aber käme für sie fast einer Katastrophe gleich, denn sie war doch ein wenig eitel und wollte nicht in schmutziger Kleidung erscheinen. Gott sei Dank regnete es nicht mehr, als sie schlussendlich die vereinbarte Stelle erreichte. Sie wünschte sich inständig, dass auch Magali erscheinen würde, denn sie war beeindruckt von dieser Frau und es schien sie ein wenig zu erleichtern, wenn sie ihr von ihren Sorgen erzählen konnte. Sie saß tatsächlich bereits auf ihrer Bank und wartete auf die junge Frau. Aurélie setzte sich auf den Stein, begrüßte die Dame und fing an zu erzählen.

«Gestern sprachen wir davon, dass sich meine Freundin immer schon anders als alle anderen fühlte. Sie wusste, dass sie sich von den Mädchen in ihrer Klasse unterschied. Geneviève interessierte sich nicht für die in diesem Alter vielleicht zum ersten Mal auftretenden Themen. Das machte sie natürlich zur Außenseiterin. Wer anders ist, fällt auf, wird von der Gruppe ausgegrenzt. Geneviève schottete sich immer mehr ab und verbrachte die meiste Zeit alleine. Meine Freundin war der Meinung, dass einige ihrer Klassenkameraden besonders unreif waren. Es gab zum Beispiel einen Jungen, Sohn eines Arztes, der in der Pause lieber Speckwürfel durch die Klasse fliegen ließ, anstatt diese zu essen. Außerdem entleerte er einmal direkt über dem Kopf meiner Freundin eine Keksdose, in der sich noch winzige Reste befanden. Ein anderes Mal fragte er sie, ob es sein könne, dass sie sich beim Lernen immer mit den Fingern durch die Haare fahre, weil diese fettig seien. Mitten in der Stunde, die eine junge Lehrerin abhielt, die sich nicht durchzusetzen wusste, stand er auf, stellte seinen Sessel auf den Tisch und ging in der Klasse umher. Das alles schien ihm riesengroßen Spaß zu machen. Geneviève fand dieses Verhalten einfach nur peinlich und völlig deplatziert», sagte Aurélie.

«Früher hatte meine Freundin die Intention, Lehrerin zu werden. Die dafür nötige Ausbildung hätte sie sicherlich geschafft, jedoch wären die Kinder wahrscheinlich sofort dazu in der Lage gewesen zu erkennen, dass sie leicht aus der Fassung zu bringen war. Heutzutage als Lehrerin zu arbeiten und die Kinder bändigen zu müssen, die teilweise auch in jungen Jahren schon sehr aufsässig sein können, ist bestimmt nicht einfach», fügte Aurélie hinzu.

«Schon lange hatte Geneviève ein Idol. Es war ein Sportler, der sich alles hart erarbeiten musste. Er war am Anfang ganz alleine, in keinem Team und kämpfte sich mit eigener Kraft und vor allem mit eisernem Willen bis an die Weltspitze vor. Geneviève nahm sich dieses zum Star avancierte Ausnahmetalent zum Vorbild und versuchte, ihre ganze Energie den schulischen Aufgaben zu widmen, was ihr auch gelang, wenn auch mit sehr großer Anstrengung und extremem Ehrgeiz. Sie bewunderte es, wie der Mann, den vorher niemand beachtet hatte, weil er anscheinend aufgrund einer bei ihm diagnostizierten Wachstumsstörung zu klein, zu leicht, zu dünn und somit nicht für diese Sportart geeignet war, schließlich so viele

Erfolge feierte und allen anderen bewies, dass man sich von unten nach ganz oben kämpfen konnte. Er hatte seinen Traum nie aufgegeben und wurde am Ende für sein riesengroßes Durchhaltevermögen belohnt. Auch von Rückschlägen ließ er sich nicht aus der Bahn werfen und fand immer wieder den Weg zurück. Andere hätten schon lange aufgegeben, wären sie in derselben Lage wie er gewesen – all das imponierte meiner Freundin ungemein», erläuterte Aurélie.

«Stundenlang, das ganze Wochenende über, von morgens bis abends, saß Geneviève nun auf ihrem zum Lernen auserkorenen Platz und ließ sich von nichts und niemandem aus der Ruhe bringen. Während draußen die Leute spazieren gingen, sich unterhielten, einfach gemeinsamen Aktivitäten nachgingen, lagen meiner Freundin solche Gedanken fern. Sie sah beim Fenster hinaus und sagte ihren bis zur Gänze auswendig gelernten Sermon vor sich her. Unbedingt wollte sie am Tag der Prüfung alles beherrschen, es sollte sie nichts überraschen können, alles sollte nach Plan laufen. Während sich die anderen auf das bevorstehende Wochenende freuten, blickte Geneviève diesen beiden freien Tagen mit Unbehagen entgegen, denn sie wusste, dass ihr erneut ein anstrengendes Lernwochenende bevorstehen würde.

Einmal musste sie sich am Faschingsdienstag einen Umzug in ihrem Heimatort anschauen. Sie wollte aber partout nicht mitgehen, weil sie am nächsten Tag einen Englischtest zu absolvieren hatte. Da es ihr jedoch nicht erlaubt wurde, zu Hause zu bleiben, nahm sie aus Trotz ihr Englischbuch mit, um bei der Veranstaltung selbst lernen zu können. Sie war richtig wütend und hatte Tränen in den Augen. Die anderen aus ihrer Familie mussten schließlich am nächsten Tag nicht die Vokabeln beherrschen, sie hingegen schon. Andere Menschen störten Geneviève nur, brachten sie aus ihrer Konzentration, die ausschließlich dem Lernen galt. Was sie immer sehr irritierte, das waren Geräusche in ihrer unmittelbaren Umgebung, so zum Beispiel der sich meistens in Aktion befindliche Fernseher. Ihr unermesslicher Ehrgeiz war beeindruckend. Sprach sie jemand der anderen darauf an, an einer Feier teilzunehmen, lehnte sie stets ab, denn die Schule ging vor, hatte oberste Priorität. Wäre sie zu einem Fest mitgekommen, so hätte sie Angst davor gehabt, all das, was sie vorher stundenlang mühevoll auswendig gelernt hatte, auf einen Schlag wieder zu vergessen. Außerdem ging sie oftmals nicht ans Telefon oder sie ließ von der Mutter die Nachricht verkünden, sie sei nicht anwesend beziehungsweise verhindert. Sie wollte sich mit niemandem treffen. Einmal kam eine Freundin zu ihr, die vorher barfuß draußen unterwegs gewesen war. Sie setzte sich sogleich mit ihren dreckigen Füßen auf das Bett von Geneviève, deren Mutter diese Begebenheit anschließend mit einem bösen Blick registrierte, denn so ein Verhalten kannte sie von ihrer eigenen Tochter nicht. Von Freude und guter Unterhaltung also, von Kommunikation im Allgemeinen, hielt Geneviève nichts», beteuerte die junge Frau.

Aurélie sagte mit Überzeugung: «Meiner Meinung nach war die Schule, das ständige Lernen, für meine Freundin aber auch so etwas wie eine Ausrede, ein Ausweg also, um dem wahren Leben nicht begegnen zu müssen. Es war für sie gleichsam wie ein Rettungsanker, der sie vor einem möglichen Untergang bewahren sollte. Sie saß sicher in der Wohnung, während draußen das Leben an ihr vorüberzog.»

Magali erwiderte: «Jeder entscheidet schlussendlich selber darüber, wo seine Prioritäten liegen. Man darf sich nicht vom eigenen Weg abbringen lassen. Es ist wichtig, zu seiner persönlichen Meinung zu stehen. Niemals soll man den Spuren anderer nur deshalb folgen, um deren Bedingungen gerecht zu werden. Viel besser ist es –

bildlich ausgedrückt –, seine eigenen Fußabdrücke zu hinterlassen. Natürlich ist es von Vorteil, alles mit Maß und Ziel zu machen. Die soziale Komponente darf man nie gänzlich aus den Augen verlieren, denn dieser Mangel wird erst in den darauffolgenden Jahren sichtbar und spürbar und lässt sich - wenn überhaupt - nur schwer ausgleichen. Man kann die Erfahrung, die man in jungen Jahren macht, nicht mehr nachholen. Es wird immer etwas fehlen. Das begreift man aber leider oftmals viel zu spät oder vielleicht will man es auch einfach nicht wahrhaben.»

Plötzlich begann es sehr stark zu stürmen. Magali, die dieselbe Kleidung wie am Vortag trug, rückte ihr Tuch, das ihr ein wenig zurückgerutscht war, wieder zurecht und sagte, dass sie nun nach Hause gehen müsse. Es sei ihr jetzt eindeutig zu kalt und zu ungemütlich geworden. So trennten sich für heute ihre Wege, doch ein neuerliches Treffen, das in der Woche darauf stattfinden sollte, war bereits geplant.

Aurélie marschierte zu ihrer Wohnung, in der sie ganz alleine lebte, zurück. Auch ihr war kalt und sie sehnte sich nach einem warmen Bad. Sie würde sich heute ausnahmsweise ein Schaumbad gönnen. Außerdem verspürte sie großen Hunger. Ihr Magen hatte sich vorhin bereits lautstark bemerkbar gemacht, was ihr vor Magali doch ein wenig peinlich gewesen war. Als sie schon ein gutes Stück des Weges zurückgelegt hatte, bildete sie sich ein, Schritte hinter sich vernommen zu haben. Rasch drehte sie sich um, doch sie sah niemanden. Sie musste sich also getäuscht haben.

Wer außer ihr und Magali soll schon bei so einem ungemütlichen Wetter freiwillig nach draußen gehen?

Es war ein langer Fußmarsch bis zu ihrer Wohnung. Als sie schließlich um die Ecke bei der in der Nähe ihrer Unterkunft gelegenen Kirche bog, hörte sie schon wieder diese Geräusche und erneut klang es so, als würde sich jemand direkt hinter ihr befinden. Sie versuchte sich selbst zu beruhigen, um nicht wieder in die Vergangenheit abzugleiten und marschierte schnurstracks, ein bisschen schneller jedoch als gewöhnlich, auf die Haustüre zu. Als sie sich endlich in ihrer Wohnung befand, fühlte sie sich sogleich sicherer. Sie war froh, sich wieder in den eigenen vier Wänden zu befinden.

Kapitel 5

Eine Woche später saßen Aurélie und Magali erneut nebeneinander, die junge Frau wie gewohnt auf dem großen Stein, die alte Dame daneben auf der Bank. Heute zwitscherten die Vögel – sie schienen bester Stimmung zu sein. Ein gutes Omen, wie Aurélie fand. Sie liebte den Gesang der Vögel. Das Zwitschern hörte sich so fröhlich, so unbeschwert an. Aurélie war sehr oft traurig, umso mehr genoss sie jegliche positive Ablenkung. Die junge Frau siezte Magali, denn sie war der Meinung, das zeuge von Respekt und dieser stand der intelligenten Dame allemal zu.

«Es ist ja jetzt schon wieder eine Woche seit unserer letzten Zusammenkunft verstrichen und ich muss gestehen, ich habe unser Treffen geradezu herbeigesehnt. Ich mag Sie sehr gerne», sagte Aurélie.

Magali antwortete: «Das freut mich, vielen Dank. Ich

kann das Kompliment nur zurückgeben. Sie erinnern mich ein wenig an mich selbst, als ich ungefähr in Ihrem Alter war. Auch ich war eher ruhig und bescheiden. Ich gehörte nie zu denjenigen, die um jeden Preis auffallen oder sich in den Mittelpunkt drängen mussten, um Aufmerksamkeit zu erlangen. Ich schätze solche Leute, die sich zurückhalten, die eher im Hintergrund bleiben und dennoch über ein sehr kluges Köpfchen verfügen. Intelligent sind Sie bestimmt, da bin ich mir ganz sicher.»

Aurélie lächelte schüchtern und blickte dabei in die Ferne. «Wissen Sie», sagte sie «ich bin gerne mit älteren Menschen zusammen, denn mit den jungen kann ich nichts anfangen. Das war bei mir schon immer so. Genauso wie meine Freundin zog auch ich stets die ältere Generation der jüngeren vor. Übrigens, ich habe Ihnen noch gar nichts darüber erzählt, wie Geneviève und ich uns kennengelernt haben. Damals besuchten wir beide eine Therapiegruppe, weil wir dringend Hilfe benötigten, mit unserem Leben einfach nicht mehr zurechtkamen. So entwickelte sich mit der Zeit zwischen uns eine tiefe Verbundenheit. Ich selbst wuchs nämlich in einem Heim auf, da mich meine Eltern weggegeben haben, als ich noch ganz klein war. Sowohl an meine Mutter als auch an meinen Vater habe ich keinerlei Erinnerung mehr. Es war für mich keineswegs leicht, stets von so vielen anderen Kindern umgeben zu sein. Für mich war die Welt damals - im Grunde genommen ist das auch heute noch so - viel zu laut. Nie hatte man seine Ruhe, ständig war man von lärmenden Mädchen und Jungen gleichsam umzingelt. Ich habe das Leben im Heim regelrecht gehasst. Mit der Zeit bohrte sich dieser Hass tief in meine Seele und setzte sich dort fest. Innerlich ging ich über vor Wut. Ich fühlte mich so, als würde ich jeden Moment explodieren. Was ich mir eigentlich gewünscht hätte, das wäre ein Leben in einer ganz normalen Familie gewesen, also in gewisser Weise hatte ich stets das Bild einer Vater-Mutter-Kind-Konstellation vor Augen. Die anderen Kinder ärgerten mich ständig, lachten mich aus und beschimpften mich. Wahrscheinlich spürten sie meine Abneigung, die ich tief in mir drinnen gegen sie hegte, aber nicht zum Vorschein kommen ließ. Natürlich bemerkten sie meine Andersartigkeit, denn auch ich war anders. Stundenlang verschanzte ich mich hinter Büchern oder hörte Musik, drehte diese ganz laut auf, damit ich die störenden Geräusche, die ständig um mich herum existierten, nicht wahrnehmen musste. Offenbar versuchte ich deshalb auch oft in eine andere Welt abzutauchen. Ich wollte weg – weg von allen. In meinen Träumen malte ich mir aus, dass ich auf einer einsamen Insel lebte. Dort gab es nur mich, das Meer und den Himmel – vor allem aber existierte weit und breit niemand, der mich ärgern konnte. Hier war es angenehm still. Bis auf das Rauschen des Meeres war nichts zu hören. Es war schön, einfach wunderbar, in meiner Welt zu verschwinden. Nie mehr wollte ich woanders sein. Leider kam die Realität viel zu schnell wieder zurück und schon bald befand ich mich erneut in dieser für mich so schmerzhaften, qualvollen Wirklichkeit. Die anderen Kinder nützten meine zurückhaltende, stille Art aus. Sie wussten, ich würde sie niemals verraten, egal, was sie mit mir anstellen würden. Sie fügten mir viel Leid zu. Daraus wurden Erinnerungen, die sich ganz tief in meiner Seele festsetzten. Einmal schlichen sich ein paar Mädchen in mein Zimmer. Während mir die einen meine Bettdecke entrissen und diese in die Dusche warfen, schoben mich die anderen bei der Balkontür hinaus und ließen mich lange Zeit nicht mehr hinein. Es war Winter und ich fror entsetzlich. Ein anderes Mal malte mir ein Junge einen Tintenfleck auf meine Weste. Die anderen sagten außerdem ständig zu mir, ich hätte fettige Haare und würde stinken. Sie bezeichneten mich unter anderem, da ich damals noch sehr mollig war, als *«fette Sau»* und benutzten noch viele weitere schlimme Ausdrücke. Es waren Worte, die mir schwer zusetzten und die ich bis heute nicht vergessen kann. Alles in allem war es einfach nur schrecklich. Das wahrscheinlich prägendste Ereignis aber war jenes, welches ich an einem sonnigen Tag im Juli vor ungefähr zwanzig Jahren erleben musste. Es passierte an einem Sonntag und ich kann mich daran erinnern, dass ich damals ausnahmsweise sogar einmal ein bisschen fröhlich war. Ich begab mich nach draußen, weil ich ein wenig spazieren gehen wollte, als ich nach einigen bereits zurückgelegten Metern plötzlich Schritte hinter mir vernahm. Ich drehte mich um und auf einmal waren da diese vier älteren Jungen, die ich aus dem Heim kannte. Sie waren alle ganz nahe bei mir und umzingelten mich regelrecht. Sie schubsten mich hin und her. Schließlich stießen sie mich zu Boden, beschimpften mich und traten auf mich ein, immer und immer wieder. Einer, der größte und bösartigste Junge, rammte mir seine Faust in den Bauch. Außerdem schlug er mir ins Gesicht, sodass meine Nase stark blutete. Es tat höllisch weh. Vor Schmerz krümmte sich mein Körper zusammen. Die Zeit wollte einfach nicht verstreichen. Mir kam es so vor, als würde ich Stunden dort liegen, bis Gott sei Dank schließlich unser Heimleiter vor mir stand. Ich muss für kurze Zeit mein Bewusstsein verloren haben, denn die Jungen waren plötzlich – ohne, dass ich es bemerkt hätte – verschwunden. Noch heute höre ich manchmal Schritte hinter mir. Mein Herz schlägt dann wie verrückt. Wenn ich mich aber umdrehe, so ist weit und breit niemand zu sehen. Die Geschehnisse von damals lassen mich einfach nicht los. Ich kann das alles nicht mehr vergessen. Manchmal kommt es auch vor, dass ich mitten in der Nacht schweißgebadet aufwache. Ich träume noch immer von den vier Jungen – sie hießen Armand, Cédric, Laurent und Philippe. Sie verfolgen mich sozusagen bis jetzt und wahrscheinlich werden sie das sogar bis ans Ende meiner Tage tun. Ihre Gesichter kann ich ganz genau vor mir sehen. Ich finde es ausgesprochen feige, wenn eine Gruppe gegen einen Einzelnen vorgeht. Natürlich spielt hier auch der Gruppendruck eine nicht unwesentliche Rolle. Man bräuchte Mut, würde man eine andere Meinung vertreten als all die anderen und dann würde natürlich auch die Gefahr bestehen, dass man selber zum Außenseiter werden könnte.»

Magali blickte Aurélie voller Mitleid an. Schließlich sagte sie: «Kinder können sich brutal und erbarmungslos anderen gegenüber verhalten, vor allem dann, wenn sie sich in der jeweiligen Gruppe, der sie sich zugehörig fühlen, in Sicherheit wähnen. Das alles tut mir furchtbar leid. Ich kann Sie sehr gut verstehen, aber all das ist schlussendlich passiert und kann bedauerlicherweise nicht mehr rückgängig gemacht werden. Niemand kann unsere Vergangenheit ändern, auch wenn wir uns das oft sehnlichst wünschen würden. Ich möchte aber, dass Sie wissen, dass wir zum Beispiel durch positive Affirmationen versuchen können, unser Selbstwertgefühl zu stärken. Wir sollten unbedingt nach vorne schauen und die Vergangenheit hinter uns lassen. Am besten wäre es, sich ausschließlich auf das Hier und Jetzt zu konzentrieren, sozusagen den Fokus auf den Moment zu richten.»

Aurélie konnte den Gedankengang der Frau durchaus nachvollziehen, dachte sich aber im Stillen, dass sich Theorie und Praxis voneinander unterscheiden und sich schließlich vieles leichter anhöre, als dies dann in der Realität tatsächlich der Fall sei. Keineswegs würde es für sie einfach werden, sich von ihren Gedanken, die sie immer wieder einholten, zu verabschieden, sich von ihnen sozusagen zu distanzieren. Die junge Frau sagte daher, dass die Zeit, die sie im Heim verbringen musste, eine sehr prägende war, vor allem auch deshalb, weil es sich um ihre Kindheit und Jugend handelte und diese Phase schließlich ausschlaggebend für die folgenden Jahre sei.

Aurélie teilte Magali außerdem mit, dass es für sie äußerst schwer sei, jemandem zu vertrauen. Zu oft wurde sie in dieser Hinsicht bereits enttäuscht.

Nachdem die beiden noch ein wenig den Anblick der herrlichen Umgebung genossen hatten, kehrte Aurélie zu ihrer wunderschönen Katze Soleil, die sie so sehr liebte, zurück. Insgeheim waren ihr nämlich Tiere um einiges lieber als Menschen. Sie verfolgten im Gegensatz zu unserer Spezies keine bösen Absichten. Schließlich verließ auch Magali den gemeinsamen Aussichtspunkt. Wie immer war ein neuerliches Treffen angesetzt.

Kapitel 6

Am nächsten Tag schien die Sonne und als Aurélie und Magali so beisammensaßen, da wurden sie sich dessen erst richtig bewusst, welch schönen Ort sie sich hier eigentlich ausgesucht hatten. Beide genossen diese angenehme, wohltuende Stille. Niemand störte sie und somit konnten sie sich voll und ganz ihrem Gespräch widmen. Die alte Dame mochte die junge Frau sehr. Gerne hätte sie so eine Tochter wie Aurélie gehabt, doch dieser Wunsch war leider nie in Erfüllung gegangen. Man konnte sagen, dass das Beisammensein für beide Frauen eine große Bereicherung darstellte.

Aurélie wollte heute mit ihrer Geschichte über Geneviève fortfahren. So begann sie – umgeben von dieser wunderschönen Landschaft – erneut zu berichten.

«So wenig sich Geneviève früher für gemeinsame

Aktivitäten mit ihren Altersgenossen begeistern konnte, so war ihr diese Eigenschaft auch in späteren Jahren nicht abhandengekommen. Die Skikurse, die Sportwoche, die Rom-Woche, die Wien-Woche, das Jungscharlager, all das waren keine schönen Unternehmungen für sie, im Gegenteil, sie hatte stets Heimweh, verlor an Gewicht, weil ihr das Essen nicht schmeckte und war schlussendlich immer wieder froh, wenn sie endlich nach Hause zurückkehren konnte.

Vom Jungscharlager kam sie sogar frühzeitig heim, da es ihr dort überhaupt nicht gefallen hatte. Die gemeinschaftlichen Aktivitäten, das gemütliche Beisammensein, all das konnte sie nicht ertragen. Sie erzählte mir von einer Episode, die sie nicht passend fand. Einmal unternahmen alle gemeinsam einen Ausflug. Bei großer Hitze musste man lange bergauf gehen. Das war äußerst anstrengend. Während sich die Kinder und Jugendlichen quälen mussten, fuhren ein paar der Jungscharleiterinnen gemütlich mit dem Auto voraus. Im Kofferraum transportierten sie zwar Getränkekisten, die für den anschließenden Konsum gedacht waren, aber dennoch war meiner Freundin dieser Vorfall in Erinnerung geblieben. Außerdem vermisste Geneviève ihre Eltern sehr stark. Diese schienen sich jedoch über ihre

Rückkehr nicht wirklich zu freuen. Sowohl Mutter als auch Vater blickten sie mit großen erstaunten Augen an, denn sie ahnten schließlich nichts von der verfrühten Ankunft der Tochter. Als nämlich die Nachbarn ihr Kind von besagtem Lager abholten, fragten sie auch meine Kameradin, ob sie mitfahren wolle. Diese war natürlich sofort hellauf begeistert. In der England-Woche sagte die Gastmutter ständig in Bezug auf Geneviève: *«She´s anorexic»*, weil sie fast nie etwas aß, da ihr das dort übliche Essen einfach nicht schmeckte. Bei der Ankunft – sie waren zu dritt bei einer Gastfamilie in Brighton untergebracht – ergriff der Gastvater sofort ihren Koffer, während die anderen diesen selbst zu transportieren hatten. Meine Freundin hätte sich eigentlich eine Reise nach Frankreich gewünscht, denn in all den Jahren zuvor waren die Schüler stets dorthin gefahren, in ihrer Klasse wurde aber zum ersten Mal über das schlussendliche Reiseziel abgestimmt, weil einige Gymnasiasten das so wollten – leider war die Mehrheit für England gewesen. Bei einem Urlaub mit einigen Bekannten in späteren Jahren wollte Geneviève so gerne mit dem Boot fahren. Die anderen gaben an, kein Interesse daran zu haben. Umso größer war die Enttäuschung dann, als Geneviève schließlich feststellte, dass die Mädchen und Burschen doch gefahren waren, nämlich ohne sie. Später musste meine Freundin gezwungenermaßen die Tanzschule besuchen. Vom Tanzen war sie ganz und gar nicht begeistert. Als sie am späten Abend des Abschlussevents ein Junge nochmals zu einem Tanz aufgefordert hatte, weigerte sich Geneviève. Sie wollte nach Hause fahren, da sie am nächsten Morgen, einem Samstag, bereits zeitig aufstehen musste, denn schließlich hatte sie wieder einmal sehr viel zu lernen. Die Mutter war daraufhin aber unglaublich wütend, entriss meiner Freundin das Geografie-Buch und warf es in eine Ecke, sodass es vom Vater mühevoll geklebt werden musste und anschließend - trotz perfekter Reparatur - nicht mehr besonders ansehnlich aussah. Die Spuren des Wutanfalls waren deutlich zu erkennen. Geneviève ging nämlich ansonsten sehr behutsam mit ihren Schulsachen um. Hefte und Bücher befanden sich normalerweise in bestem Zustand. Bei den Vorbereitungen für den Maturaball musste meine Freundin ebenso mithelfen, obwohl ihr das doch so sinnlos erschien. Viel wichtiger wäre es ihr vorgekommen, hätte man die kostbare Zeit, die man hier gleichsam verschwendete, zum Lernen nutzen können. Die Maturareise führte sie schließlich zu siebt in die Türkei, genauer gesagt nach Bodrum. Hier ging sie nur ein einziges Mal schwimmen und das auch nur deshalb, damit sie kein besonderes Aufsehen erregte, weil es doch so warm war. Sie mochte aber diese «*Fleischbeschau*», wie sie es nannte, überhaupt nicht. Am liebsten hätte sie sich mit einem Ganzkörperanzug in die Fluten gestürzt. Wäre ihre Mutter nicht so hartnäckig gewesen, so hätte Geneviève auch den Führerschein wahrscheinlich nie gemacht. Obwohl sie bei der theoretischen Fahrschulprüfung natürlich hundert Prozent erreicht hatte, konnte sie das Fahren selbst nicht genießen. Die Theorie war ihr auch in diesem Fall um einiges lieber als die Praxis. In den ersten Fahrstunden merkte sie sofort, dass sie die anderen Autofahrer, die sich hinter ihr befanden, ziemlich nervös machten. Viele Leute hielten nicht wirklich den notwendigen Abstand ein und klebten fast schon an der Stoßstange des Vordermannes. Außerdem achteten nur die wenigsten auf die Geschwindigkeitsbeschränkungen. Manche überholen sogar, obwohl die Tafel mit dem erlaubten Tempo, die gut sichtbar am Straßenrand angebracht war, deutlich darauf hinwies, die Geschwindigkeit dementsprechend zu reduzieren. Während sich andere in ihrem Alter über die eigene Volljährigkeit freuten, diese gleichsam herbeisehnten, war sie davon überhaupt nicht begeistert. Schon damals, wenn auch nicht so oft wie in späteren Jahren, dachte sie bereits heimlich an den Tod, dachte daran, wie schön es doch sein müsste, endlich von all den Pflichten, Sorgen und Problemen des Alltags erlöst zu sein. Richtig schlimm, so erzählte sie es immer wieder in unserer Gruppentherapie, wurde es dann mit dem Ende der Schulzeit. Es war für sie so, als stürze sie schlagartig in ein tiefes schwarzes Loch. Während sie vorher den ganzen Tag über gelernt hatte, war da plötzlich so viel Zeit, mit der sie nichts anzufangen wusste. So wie sie die gesamten schulischen Vorjahre mit Auszeichnung abgeschlossen hatte, was ihr ein besonderes Anliegen war, da es für einen «Ausgezeichneten Erfolg» stets ein Buch als Geschenk gab, war dies natürlich ebenso bei der Matura der Fall gewesen. So absolvierte sie die Reifeprüfung mit lauter «Sehr gut», bis auf ein «Gut» in Mathematik. Maturiert hatte sie mündlich in den Fächern Psychologie, Französisch und Englisch, schriftlich in Französisch, Englisch, Deutsch und notwendigerweise auch in Mathematik. Die guten Zensuren waren es, die ihr immer Auftrieb gegeben hatten, die essentiell für sie waren. Das alles fiel jetzt weg, ging ihr im späteren Leben ab. Die Bestätigung fehlte. Für ein Studium, so sagte sie immer, wäre sie nicht geeignet gewesen, da sie in der Schulzeit schon so dermaßen viel gelernt habe, sodass sie wahrscheinlich an ihrer Perfektion, alles können zu wollen oder besser gesagt, können zu müssen, kaputtgegangen wäre. Sie hätte wieder alles auswendig gelernt und das zu schaffen, wäre höchstwahrscheinlich unmöglich gewesen. Außerdem war es ihr wichtig, in ihrer vertrauten Umgebung bleiben zu können. Es blieb ihr somit nichts anderes übrig, als einen Beruf zu ergreifen. Sie hatte sich noch nie für irgendetwas besonders begeistern können. In der Schule lernte sie alles auswendig, eigentlich nur der guten Noten wegen und nicht deshalb, weil es sie interessiert hätte. Wahrscheinlich wollte sie mit ihren ausgezeichneten Leistungen auch ihre Lehrer beeindrucken. Sie war glücklich, wenn die Lehrkräfte sie lobten. Der Französisch-Professor sagte zum Beispiel bei einem Elternsprechtag zu der Mutter von Geneviève über die Tochter: «*Sie liegt mir sehr am Herzen. Sie macht mir sehr viel Freude.*», wobei er diese Aussage noch mit einer dementsprechenden Geste bekräftigte. Nach einer Veranstaltung dieser Art wollte meine Freundin immer ganz genau wissen, was die Professoren von A-Z über sie gesagt hatten. Die Mutter musste ihr somit stets genauestens Bericht erstatten. Genannt sei außerdem noch die Äußerung des Latein-Professors. Einmal fragte er, welche Schüler an einem gewissen Tag nicht anwesend seien, damit er eine entsprechende Bemerkung im Klassenbuch hinterlassen könne. Eine Schülerin gab dazu sofort ein Kommentar ab, woraufhin der Lehrer sagte: «*Geneviève, stimmt das? Man muss ja schließlich eine seriöse Person fragen.*» In der Oberstufe bekam sie einen neuen Englisch-Professor. Sie fand das extrem schade, denn ihren bisherigen Lehrer, den vermisste sie so stark. Um ihm dennoch zu begegnen, bemühte sie sich, da sie wusste, wann er in der Nähe ihrer Klasse unterwegs sein würde, sich zu diesem Zeitpunkt dort aufzuhalten. Der aktuelle Professor fragte die Mutter bei einem Elternsprechtag: «*Und, ist sie mit mir zufrieden?*» Als schließlich auch ihr Klassenvorstand - für die Fächer Latein und Religion zuständig -, der ihr ausgesprochen sympathisch war, in der siebten Klasse weichen musste, weil er aufgrund einer notwendig gewordenen Klassenzusammenführung einen Schüler nicht unterrichtet hätte, da dieser evangelisch war, war das ganz schlimm für Geneviève. Den neuen Vorstand konnte sie überhaupt nicht leiden. Ihn konnte sie nie akzeptieren. Insgeheim blieb für sie selbst ihr vormaliger Klassenvorstand auch der aktuelle. Ein Schüler sagte zu meiner Freundin, als bekannt wurde, dass ein Wechsel stattfinden würde: «*Der mag keine kleinen blonden Mädchen.*» Der vorherige Lehrer hatte sie nämlich oft bevorzugt und sie auch dann, wenn andere früher aufgezeigt hatten, aufgerufen. Geneviève durfte schließlich die Übersetzung vortragen beziehungsweise im Religionsunterricht einen Absatz vorlesen oder eine Interpretation zu einem Bild abgeben. Ebenso mochte sie ihren Deutsch-Professor gerne, obwohl dieser auch seine bevorzugten Schülerinnen hatte. Ein Mädchen, dessen Leistungsgrad sich zwischen zwei Zensuren befand und dessen Schwester bereits denselben Lehrer gehabt hatte, musste lediglich die Mitschrift vorzeigen, um schließlich die bessere Note zu erhalten, während andere hingegen durchaus eine Prüfung abzulegen hatten. Das Fach, das Geneviève in ihrer Schullaufbahn überhaupt nicht leiden konnte – neben vielen anderen, wie zum Beispiel Informatik, Mathematik, Chemie, Physik, Geschichte, Geografie, Biologie,... –, war Textiles Werken. Dieser Gegenstand wurde aber Gott sei Dank nur in der Unterstufe unterrichtet. Einmal wurde sie richtig wütend, weil die Nähmaschine nicht mehr funktionierte, sodass sie so lange das Fußpedal betätigte, bis sich der Faden schlussendlich immer mehr um die Nadel drehte und diese am Ende sogar abbrach. Somit also, weil kein ausgeprägtes Interesse an einem speziellen Fachgebiet vorhanden war, stand Geneviève nach der Matura sozusagen sprichwörtlich vor dem Nichts. Das ist zwar sehr hart ausgedrückt, aber in gewisser Weise kann man das schon so sagen», erläuterte Aurélie.

«Nach der letzten Ferienzeit ihres Lebens besuchte sie schließlich, weil es keine andere Alternative zu geben schien und da ihr das von einer Berufsberaterin so empfohlen wurde, ein kaufmännisches Kolleg. Diese Dame teilte ihr nämlich mit, dass es nicht vorteilhaft sei, sich auf Sprachen zu spezialisieren, da hier diejenigen Personen, die bereits mehrsprachlich aufgewachsen seien, mehr Chancen hätten und somit im Vorteil wären. Fächer, die meiner Freundin sehr zusagten, waren nämlich Französisch – sie fand den Klang so wunderschön –, Deutsch und vor allem auch Psychologie. Hier war sie durchaus bewandert, jedoch selbst viel zu labil, um sich auf diesem Gebiet etablieren zu können. Befragten Bekannte in den Ferien meine Freundin hinsichtlich ihrer Pläne nach der Matura, so begann Geneviève während diesen Gesprächen stets zu weinen, weil sie im Grunde genommen bereits zu diesem Zeitpunkt wusste, dass das besagte Kolleg nicht für sie geeignet sein würde. Die Gegenstände, die dort unterrichtet wurden, sagten ihr überhaupt nicht zu. Als sie damals zu Hause mit dem Lernen begann, hatte sie bereits Tränen in den Augen. Sie erzählte mir davon, dass es zu Jahresbeginn eine Messe gab, welche in einer nahe gelegenen Kirche abgehalten wurde. Eine Person spielte mit der Gitarre, während die anderen singen sollten – doch fast niemand stimmte in den Gesang mit ein. Im Gymnasium war alles so familiär, dort gab es sogar eine eigene Hauskapelle und alle sangen mit. Geneviève fühlte sich in der aktuellen Einrichtung einfach nicht wohl. Somit wurde sie bereits nach drei Tagen wieder abgemeldet. Da sie nun nicht versichert war, musste sie einen Kurs besuchen. Dort wurde sie so behandelt, als hätte sie die Matura nicht mit einem «Ausgezeichneten Erfolg», sondern ausschließlich mit schlechten Noten abgeschlossen. So sollte man mit keinem Menschen umgehen. Es war einfach ein durchwegs respektloses Verhalten, welches hier an den Tag gelegt wurde. Gearbeitet wurde jedoch nicht wirklich. Im Prinzip saßen die Teilnehmer den ganzen Tag lang vor dem Bildschirm und es blieb jedem selbst überlassen, auf welche Weise er die Zeit bis zum Ende der Anwesenheitspflicht verbrachte. Meine Freundin war darauf erpicht, so schnell wie möglich wieder von dort wegzukommen. Schließlich war sie zwei Monate lang in einer kleinen Firma tätig. Dort gab es einen Angestellten, der sich ganz besonders wichtig nahm. Da Geneviève für die Post zuständig war und diese aufgeben musste, ließ er sich beim Unterfertigen der

Angebote immer besonders lange Zeit. Sie musste dann stets laufen, um noch rechtzeitig das Postamt zu erreichen. Außerdem sagte dieser Mann einmal grinsend zu ihr, nachdem sie zu ihm gekommen war, weil sie seine Schrift nicht entziffern konnte: «*Du musst eben ein wenig kreativ sein.*» Am Ende teilte er ihr aber nicht mit, was seine Hieroglyphen wirklich bedeutet hatten. Geneviève musste schließlich die Berufsschule, in der jedoch das Hauptaugenmerk ebenso auf diese ungeliebten Fächer wie beispielsweise Rechnungswesen - ein Unterrichtsgegenstand, welcher im Gymnasium nicht auf dem Lehrplan stand - gelegt wurde, besuchen. Lediglich einen Tag verbrachte sie dort – sie konnte sich mit diesen kaufmännischen Gegenständen einfach nicht anfreunden. Vorher war sie, da sie einige Tage später als die anderen an diese Schule gekommen war, unmittelbar mit dem Kopieren von Unterlagen beschäftigt, weil sie ihren Rückstand sofort wieder ausgleichen wollte. Freiwillig hatte sie die erste Klasse besucht, da sie eigentlich aufgrund der bereits abgeschlossenen Reifeprüfung dazu befähigt gewesen wäre, direkt in der zweiten Klasse einzusteigen. Weil sie jedoch von Fächern wie Rechnungswesen überhaupt keine Ahnung hatte, hatte sie sich zu diesem Schritt entschieden. Nachdem sie aber schlussendlich in dem Betrieb gekündigt hatte, begann sie also - nach einer wahren Odyssee, die sie zu durchlaufen hatte - in einer anderen Firma zu arbeiten. Es war dies ein großes Unternehmen, welches für die Fertigung von Gegenständen, die aus den unterschiedlichsten Materialien hergestellt wurden, verantwortlich war. Vor allem waren hier Frauen am Werk. Geneviève war mit einer Kollegin, die ungefähr zwanzig Jahre älter war als sie, konfrontiert. Am Anfang ging alles gut, doch mit der Zeit lernte sie diese Dame auch von einer anderen Seite kennen und das machte ihr sehr zu schaffen. Sie erzählte in unserer Gruppe davon, dass es immer wieder zu kleinen Sticheleien und Beleidigungen kam. Was ihr das Leben zusätzlich erschwerte, das war dann schließlich vor allem die Pensionierung ihrer damaligen Chefin, die sie so gerne mochte und die zu den wenigen gehörte, die ihre Leistung wirklich zu schätzen wussten. Vor allem ihr tägliches «*Guten Morgen, Geneviève!*» fehlte ihr sehr. Bei ihrer Abschiedsfeier erhielt meine Kameradin als einzige der anwesenden Personen ein Wiener Schnitzel – ihre Lieblingsspeise –, was von einigen nicht gerne gesehen, schließlich sogar mit schiefen Blicken registriert und mit unangebrachten Aussagen kommentiert wurde. Nachdem eine Dame das Wiener Schnitzel erblickt hatte, sagte sie zu

Geneviève: «*Haben Sie das Schnitzel etwa von zu Hause mitgebracht?*» Die Chefin wollte ihrer Angestellten jedoch lediglich eine Freude machen, weil sich diese stets so unglaublich bemüht hatte. Nach der regulären Arbeitszeit blieb sie nämlich oftmals länger im Betrieb, um gewisse Tätigkeiten abschließen zu können. Diese zusätzlichen Zeiten erwähnte sie in ihren Aufzeichnungen nicht. Das machte ihr aber nichts aus, denn für die Chefin machte sie das gerne. Es war sogar so, dass sie das Licht in ihrem Arbeitsraum abdrehte, damit niemand sah, dass sie länger tätig war. Sie hatte durchaus schon die Erfahrung machen müssen, dass auch das von anderen negativ kommentiert wurde. Es folgte eine schlimme Zeit für meine Freundin. Nun fühlte sie sich so alleine, so ungeschützt. Sie war unglaublich zart besaitet, nahm sich alles sehr zu Herzen und zerbrach förmlich an dieser für sie so belastenden Situation. Jeder Tag war äußert anstrengend für sie, einfach nur beschwerlich und diese Anspannung, die sie ständig in Form eines immensen Druckgefühls im Kopf begleitete, übertrug sich auf ihre Nerven und das nicht zu knapp. Wenn sie es nicht mehr aushielt, ging sie in den Keller, verschloss dort die Toilettentür und ließ ihren Tränen freien Lauf. Eine Kollegin, zu der sie aber später eine sehr gute Verbindung haben sollte und die schließlich über ihr ganzes Leben und die damit verbundenen Begebenheiten Bescheid wusste, wollte unbedingt, dass man das Zimmer der vormaligen Chefin nun anders bezeichne. Ihr war es wichtig zu verhindern, dass deren Name nach der Pensionierung zu oft in den Mund genommen wurde. Geneviève war einige Male knapp davor, ihren Beruf aufzugeben, doch wusste sie nicht, was sie stattdessen machen sollte, weshalb ihr kein anderer Ausweg blieb, als durchzuhalten. In ihrer Verzweiflung legte sie sich außerdem einige Tage nach Bekanntwerden der anstehenden Pensionierung ihrer Vorgesetzten stundenlang in den Garten, um an sie und an die mit ihr gemeinsam verbrachte Zeit zu denken, da sie sie so unglaublich gerne hatte. Sie war einfach nur traurig, ihr war alles egal, weshalb sie sich schlussendlich mitten im April einen üblen Sonnenbrand zuzog, weil sie sich zu lange den Strahlen der Sonne ausgesetzt hatte. Das ganze Gesicht war krebsrot. Sie war psychisch bereits so angeschlagen, dass es ihr schier unmöglich erschien, sich eine andere Arbeit zu suchen, denn schließlich war es eigentlich vor allem der Chefin wegen, weshalb es ihr in diesem Betrieb sogar ein wenig gefallen hatte. In dieser Zeit kam es auch zu einer unerwünschten Annäherung einer Kollegin, worauf ich aber nicht näher eingehen möchte, denn das würde ausufern und somit den Bogen überspannen. Ebenso stand Geneviève aber auch ihr selbstunsicherer Persönlichkeitsstil, der bewirkte, dass sie andauernd Angstgefühle verspürte, im Weg. Um also nicht vor dem Dilemma der Arbeitslosigkeit zu stehen, verharrte sie in der für sie so schwierigen und belastenden Situation. Sie empfand ihre Kollegin als nicht echt. Erst im Berufsleben wurde meiner Freundin wirklich bewusst, dass nichts gerecht war. In der Schule wurde man auf das richtige Leben, das Geneviève nun doch so falsch erschien, nicht vorbereitet. Wer in einer Lehranstalt viel lernte und tüchtig war, wurde mit guten Noten belohnt. Wer aber im Arbeitsleben fleißig war und sich bemühte, der wurde oftmals lediglich ausgenutzt. Außerdem wurde von den meisten die erbrachte Leistung nicht geschätzt, sondern als gegeben, als selbstverständlich hingenommen. Dieser Umstand ärgerte meine Freundin sehr. Sie strengte sich unglaublich an, aber gesehen wurde das nicht. Geneviève war unendlich ehrgeizig und dieser Ehrgeiz, dieser Wille brachte sie an ihre Grenzen, vor allem deshalb, weil ihr alles so sinnlos erschien. *Sinnlos*, ja, so bezeichnete sie ihr ganzes Dasein. Sie strebte nach Anerkennung, verlor aber mit jedem Tag mehr an Energie und Lebensfreude. Außerdem verfolgte sie kein Ziel, hatte einfach keine Kraft mehr, kämpfte aber dennoch weiter», erklärte die junge Frau.

Magali unterbrach Aurélie plötzlich. Sie sagte: «Das Leben ist sehr ungerecht, das stimmt, aber man muss lernen, das Beste daraus zu machen, auch wenn uns dies manchmal schier unmöglich erscheinen mag. Es gehört Mut dazu, Mut zur Veränderung. Woran es Ihrer Freundin mangelte, das war wahrscheinlich genau diese Komponente. Sie verharrte also in der für sie so aussichtslosen Lage, obwohl sie genau wusste, dass sie von Tag zu Tag unglücklicher werden würde. Manchmal muss man einfach ausbrechen, um das Leben von einer anderen Seite kennenzulernen, es auf andere Art und Weise betrachten zu können. Man muss die geschützte Umgebung hinter sich lassen. Möglicherweise kann man dadurch glücklicher werden. All das ist natürlich leichter gesagt als getan, denn die meisten Menschen neigen ja bekanntlich dazu, alles so zu belassen, wie sie es gewohnt sind, weil es eben einfacher ist und sie sich somit keiner zusätzlichen Belastung aussetzen müssen. Schließlich wollen wir ja unsere Komfortzone, die jedoch oft gar keine ist, nicht verlassen. Blicken wir aber schlussendlich zu einem späteren Zeitpunkt auf unser Leben zurück, erscheint es uns oft so, als würden wir viele Optionen, die uns vielleicht ein besseres Dasein ermöglicht hätten, nicht genutzt haben. Das alles sind natürlich Vermutungen, lediglich Spekulationen. Jeder muss letztendlich selber darüber entscheiden, welchen Weg er einschlagen will. Alles in allem kann man aber behaupten, dass das Leben nicht nur jetzt ungerecht ist, sondern, dass das durchaus schon immer so war. Früher wurde beispielsweise unschuldigen Menschen durch die Macht einer einzigen Person ihr ganzes Hab und Gut entrissen. Ungerechtigkeiten gab es, gibt es und wird es immer geben.»

Nachdem eine längere Phase der Stille verstrichen war, sagte Aurélie: «Metaphorisch betrachtet könnte man Geneviève mit einem Vogel vergleichen, einem scheuen Vogel, der den Weg in die Freiheit nicht findet. Die Tür des Käfigs ist zwar sperrangelweit offen, aber die innere Angst verhindert schlussendlich den Ausbruch und somit den entscheidenden Schritt zur Veränderung.»

«Geneviève hatte durchaus Mut. Beim Ski fahren konnte ihr beispielsweise kein Berg zu steil sein. Sie fuhr mit rasender Geschwindigkeit jeden noch so anspruchsvollen Hang hinunter. Ging es aber um soziale Situationen und sei es nur der Umstand, dass sie alleine einkaufen gehen musste, so wurde sie sozusagen – bildlich ausgedrückt – vom Elefanten zur Maus. Befanden sich mehrere Personen im Raum, war ihr das auch unangenehm. Sie fühlte sich dann so, als würde sie jeder beobachten», merkte Aurélie an.

«Ich möchte Ihnen nun aber gerne erzählen, wie Geneviève das Verhalten ihrer Kollegin beschrieben hat», beteuerte die junge Frau. Magali war damit einverstanden und nickte interessiert.

«Geneviève sagte, dass diese Frau, mit der sie täglich zusammenarbeiten musste, in ihren Augen eine Schauspielerin war. Wenn jemand das Arbeitszimmer der beiden betrat, verhielt sie sich stets ganz anders, als wenn sie alleine waren. Sie täuschte lediglich etwas vor und stellte sich von ihrer besten Seite dar. Verließen die Kolleginnen aber den Raum wieder, so zeigte sie ihr wahres Gesicht. Sie war dann durchaus dazu imstande, die anderen in deren Abwesenheit verbal zu attackieren. Über eine Kollegin sagte sie zum Beispiel, nachdem meine Freundin beteuert hatte, deren Schrift nicht lesen zu können: «*Sie ist eben auch schon alt und tatterig.*» Außerdem sagte sie einmal: «*Ich verstehe, dass du mit den anderen nicht essen gehen willst. Mit diesen schiachn Fotzn möchte ich auch nicht gehen.*» Geneviève fand dieses Verhalten einfach nur widerwärtig. In der Gruppentherapie sprachen wir immer wieder darüber. Wir saßen im Sesselkreis beisammen und jeder konnte seine Meinung dazu kundtun. Das war sehr interessant, da so viele verschiedene Ansichten geäußert wurden. Meine Freundin sagte, dass sie es nicht leiden könne, wenn jemand nicht sein wahres Ich zeigen würde. Ich stimme da komplett mit ihr überein. Wenn man eine Rolle spielen möchte, dann sollte man am besten direkt Schauspieler werden. Ein Schauspielhaus bietet dem Menschen eine Bühne, eine Möglichkeit, sich zu verwirklichen und wenn man Glück hat - wahrscheinlich wird es auch hier so sein, dass man nicht immer die Figur zugeteilt bekommt, deren Charakter man sich zu verkörpern wünscht -, kann man für kurze Zeit sozusagen ein anderer Mensch werden. Sich selbst nimmt man ja schließlich ein ganzes Leben lang überallhin mit. Oft versucht man zwar abzuschalten, um alle Sorgen und Probleme des Alltags für eine Weile zu vergessen, doch nicht immer gelingt das. Man bleibt stets dieselbe Person, denn der Grundcharakter, der kann meiner Meinung nach nicht so einfach verändert werden. Als Schauspieler kann man also dem wahren Leben für eine gewisse Zeit den Rücken zukehren. Man ist dazu fähig, seinem wahren Ich zu entfliehen.

Wünscht sich nicht so mancher von uns oftmals ein ganz anderes Leben?

Es gibt sicherlich Situationen, Momente, die ausweglos erscheinen. Man glaubt, es geht nicht mehr weiter, man sehnt sich dann vielleicht danach, so zu sein wie zum Beispiel der reiche Nachbar, der scheinbar alles hat, um glücklich zu sein. Ob er aber wirklich glücklich ist, das können wir nicht wissen. Viele Menschen verstellen sich, geben sich nicht so, wie sie eigentlich sind», gab Aurélie zu verstehen.

Magali unterbrach Aurélie und sagte: «Ich bin davon überzeugt, dass sich alle von uns schon einmal gewünscht haben, jemand anderer zu sein. Der Mensch ist insgesamt schwer zufrieden zu stellen. Anstatt dankbar für das zu sein, was er hat, will er immer mehr erreichen, immer höher hinaus. Nichts erscheint gut genug, stets fehlt irgendetwas zum perfekten Glück, wobei wir wieder bei der Frage angelangt wären:

Glück – was ist das genau?

Das ist wirklich eine gute Frage und kann nur von jedem Menschen individuell beantwortet werden. Für mich bedeutet Glück, hier zu sitzen und die Natur zu genießen. Ich benötige keine großen Geschenke. Mir genügt eine stille Umgebung. Das ist es, was mich glücklich macht.

Sicherlich gibt es Menschen, die nicht ihr wahres Gesicht zeigen, die sich verstellen, eine Rolle spielen.

Machen wir das nicht alle manchmal?

Oftmals wollen wir uns mit so einem Auftreten aber auch einfach nur selber schützen, es ist reiner Selbstschutz, den wir praktizieren. Manchmal haben wir vielleicht bloß Angst davor, dass wir, würden wir uns so zeigen, wie wir wirklich sind, nicht gemocht, nicht respektiert, eventuell sogar ignoriert werden. Am besten ist es aber - so denke ich zumindest -, dass wir echt und nicht falsch durchs Leben gehen, denn sich anders zu präsentieren, das kann mit der Zeit sehr anstrengend und Kräfte raubend werden. Die Leute sollen einander respektieren und niemanden ausgrenzen, nur deshalb, weil jemand möglicherweise auf irgendeine Art und Weise anders ist. Ich weiß, das ist ein Wunsch, der nie zur Gänze in Erfüllung gehen wird. Das

Leben konfrontiert uns immer wieder mit Problemen jeglicher Art. Denkt man aber zu viel nach, macht man sich ständig Sorgen und kann man sich infolgedessen nicht mehr entspannen, dann wird einem schnell alles zu viel und es droht eventuell die Gefahr, ein aufkommendes Hindernis nicht mehr bewältigen zu können, vor allem dann, wenn man dünnhäutig ist und man sich alles sehr zu Herzen nimmt», sagte die alte Dame.

«Geneviève war so ein dünnhäutiger Mensch», verkündete Aurélie. «Oft war sie verzweifelt und wusste einfach nicht mehr weiter. Immer wieder sprach sie in unserer Gruppe davon, dass sie das alles nicht mehr aushalten könne, dass sie am liebsten sterben, einfach alles hinter sich lassen würde. Sie wolle *ganz, ganz weit weg*, das erwähnte sie oft. In unserer Therapie gab es viele, die dem Tod mehr zugeneigt waren als dem Leben. Bei allen waren es unterschiedliche Gründe, die sie dazu veranlassten, diese Meinung zu vertreten. Geneviève wollte sterben, weil sie in ihrem Dasein keinen Sinn finden konnte, ich, weil ich mit meinen Erfahrungen, die ich im Heim machen musste, nicht zurechtkam und mich diese schrecklichen Erlebnisse immer wieder in irgendeiner Form heimsuchten, ein Mädchen, weil es von einer Borderline-Störung betroffen war, eine junge Frau, weil sie schlicht und einfach mit ihrem Aussehen nicht zufrieden war. Es gab durchaus viele verschiedene Schicksale mit jeweils unterschiedlichem Schweregrad. Natürlich kann man von den Lebensgeschichten, die man von den anderen erzählt bekommt, in gewisser Weise auch profitieren. Man erfährt nämlich dann, dass niemand frei von Sorgen ist. Die Leute, die in die Therapie kommen, wollen sich verändern. Ob es gelingt, das ist jedoch eine ganz andere Frage. Eine Grundvoraussetzung ist aber, dass man sich freiwillig Hilfe sucht, denn nur so ist ein wirklicher Wille zur Selbstfindung und zu einer möglichen Veränderung vorhanden. Was wichtig ist, ist, dass man sich in der Gruppe angenommen fühlt. Ist das nicht der Fall, kann man sich nur schwer öffnen, weil man kein Vertrauen zu den anderen hat. Von Bedeutung ist außerdem, dass man sich auch von der Therapeutin verstanden fühlt. Unsere Therapeutin hieß Zoé. Sie war eine sehr hübsche junge Frau, die jede Menge Lebenslust ausstrahlte. Um jeden einzelnen Patienten war sie sehr bemüht, was zugegebenermaßen nicht immer leicht war. Tränenausbrüche waren bei uns an der Tagesordnung und oftmals kam es auch zu heftigen Diskussionen. Insgesamt war es aber eine sehr schöne Erfahrung. Für mich, die ich doch ziemlich in mich gekehrt bin, war es zwar anfangs eine große Überwindung, an diesen Treffen teilzunehmen, etwas von mir, von meinem Leben preiszugeben, doch mit der Zeit gewöhnte auch ich mich immer mehr an die anderen Personen. Ich glaube, ich kann behaupten, dass ich dadurch insgesamt ein wenig selbstsicherer geworden bin. Geheilt bin ich jedoch auf keinen Fall. Ich würde aber sagen, dass ich in gewissen Situationen doch besser als früher mit auftretenden Problemen umzugehen weiß. Wenn ich wieder einmal ganz unten bin, dann erinnere ich mich an diverse erlernte Methoden, die ich in so einem Fall anwenden kann. Manchmal hilft das, manchmal nicht. Oft liege ich stundenlang in meinem Bett und weiß nichts mit mir anzufangen, habe keine Kraft, keine Energie und vor allem keinen Lebenswillen mehr. Was mir jetzt zum Beispiel hilft, das sind unsere regelmäßigen Treffen. Ich freue mich schon die ganze Woche über auf diese Stunden, die wir beide zusammen verbringen. Das tut meiner Seele ausgesprochen gut und ich hoffe doch, dass ich Sie mit meinen Erzählungen nicht allzu sehr langweile oder belaste, denn es ist sicher auch nicht besonders schön, sich ständig negative Geschichten anhören zu müssen. Es ist nämlich keineswegs meine Intention, Sie in irgendeiner Weise zu belästigen», beteuerte die junge Dame.

Magali erwiderte: «Es belastet mich nicht. Das Gegenteil ist der Fall. Ich höre mir Ihre Darlegungen gerne an und genieße es ebenso, Zeit mit Ihnen zu verbringen. Ich würde mir wünschen, dass ich Sie so vielleicht ein bisschen unterstützen kann. Möglicherweise kann ich Sie sogar dazu animieren, Ihr Leben ein wenig umzugestalten, um mehr Lebensfreude empfinden zu können.»

«Danke, das ist lieb von Ihnen», sagte Aurélie. «Nicht oft kommt es vor, dass man Bekanntschaft mit so netten, einfühlsamen Personen wie Ihnen macht. Ich habe in meinem bisherigen Leben leider durchwegs schlechte Erfahrungen durchleben müssen und dadurch ein überwiegend negatives Bild von den Menschen entwickelt. Geneviève hatte ebenfalls Probleme mit unserer Spezies. Sie fand die Gesellschaft so falsch, so verlogen. Sie fühlte sich ebenso nicht dazu imstande, jemandem zu vertrauen. Vor allem Worte konnten sie sehr verletzen. Taktlose Äußerungen sind Gift für unsere Seele. Ihre Kollegin wusste, dass das Mädchen aufgrund seiner bereits so labilen Verfassung eine gute Angriffsfläche bot und zog folglich ihren Nutzen daraus. Sie bezeichnete Geneviève beispielsweise einmal als «*Kameradenschwein*». Außerdem warf sie ihr vor, dass sie sich ständig profilieren müsse. Überdies konfrontierte sie sie mit der Anschuldigung, bei auftretenden Problemen stets zur «*Kindergartentante*» zu laufen, nämlich aus dem Grund, weil sie ihrer Chefin einmal beiläufig davon erzählt hatte, dass sie selbst nach freien Tagen immer vieles aufarbeiten müsse, was aber lediglich den Tatsachen entsprach. Geneviève unterhielt sich immer sehr gerne mit ihrer Vorgesetzten. Das stellte eine Abwechslung zum doch so beschwerlichen Arbeitsalltag dar. Ein Geburtstagsgeschenk, welches meine Freundin der ungeliebten Kollegin um des lieben Friedens willen noch überreicht hatte, nahm diese nicht an, weil sie sagte, dass sie von so einer Person nichts bekommen möchte. Diese Frau hatte sicherlich auch Probleme mit sich selbst und versuchte, ihre eigene Unzufriedenheit auf das junge Mädchen, das sie doch in Wahrheit weit an Schlauheit übertraf, zu projizieren. Der Dame war durchaus bewusst, dass die junge Frau nicht dumm war. Sie wollte sie in gewisser Weise erniedrigen und unterdrücken. Für mich hörte sich das immer nach Mobbing an. Eigentlich haben Geneviève und ich ziemlich dasselbe erleben müssen, wenn auch auf eine andere Art und Weise. Bei mir waren es die Kinder und Jugendlichen im Heim, die mir das Leben unerträglich, gleichsam zur Hölle machten, bei ihr war es vorrangig ihre Kollegin. Das Schlimme daran ist, dass Leute, die unfaire Methoden anwenden, damit sehr oft ihr Ziel erreichen. Sie behandeln die anderen schlecht und haben in keiner Weise das Recht dazu. Alles in allem scheinen sie mit einer höheren Meinung sich selbst gegenüber ausgestattet zu sein. Wahrscheinlich versuchen sie aber lediglich, ihre eigenen Schwächen zu verbergen, was ihnen leider nur allzu oft gelingt. Ihr scheinbar sicheres, dominantes Auftreten verbirgt ihre eigentliche Unzulänglichkeit. Diese Menschen sind also im Grunde genommen meist selber sehr unsicher. Vor allem aber haben sie kein Gewissen, denn ansonsten würden sie andere nicht belästigen und unterdrücken, nur um die eigene Person in einem besseren Licht darstellen zu können. Nicht selten kommt es vor, dass sie gewinnen, egal, zu welchen Mitteln sie dafür auch greifen müssen. Meist sind diese Leute unwissend. Sie wissen nicht, was sie mit ihrer Rücksichtslosigkeit bewirken können. Andere verzweifeln oft daran und es kommt dann zu verhängnisvollen Vorfällen. Menschen können sehr grausam sein. Mir persönlich würde es niemals in den Sinn kommen, jemandem zuzusetzen, ihn mit Worten zu verletzen, weil ich weiß, wie sich das anfühlt, welche Folgen das für die Seele und vor allem für die weitere Entwicklung der Persönlichkeit haben kann. Meine Erfahrungen haben mich vieles gelehrt. Ich versuche mich oft in die Lage anderer Menschen hineinzuversetzen, um dadurch ihr Verhalten besser nachvollziehen zu können. Ich finde, dass gegenseitiger Respekt eine Grundvoraussetzung für ein gelingendes Miteinander ist. Viele Kolleginnen von Geneviève schienen das falsche Spiel der um zwanzig Jahre älteren Frau nicht zu durchschauen, womit das junge Mädchen nicht umzugehen wusste. Meine Freundin konnte nicht verstehen, wie es möglich war, nicht zu merken, dass das Verhalten ihrer Kollegin unecht war und nichts, aber rein gar nichts, von Herzen kam. Vor allem ihr tägliches «*Morgen*», in einem süßlichen hohen Ton gesungen, hörte sich gekünstelt und einfach nur falsch an. Alles an der Frau war lediglich Fassade. Geneviève fand das so unglaublich ungerecht, doch sie konnte nichts an dieser Maskerade ändern. Sie sagte oft, dass sie sich regelrecht davor fürchte, so zu werden wie diese Person. Durch das ständige Arbeiten in einem Raum, immer zu zweit, stets umgeben von dieser falschen Art, hatte sie also Angst davor, durch dieses Verhalten derart beeinflusst zu werden, dass sie sich schließlich selber ein so heuchlerisches Gehabe aneignen würde. Die Kollegin war insgesamt mehr mit ihrem Aussehen als mit der Arbeit beschäftigt, da sie sich ständig im Spiegel betrachtete.

Hatte Geneviève einen Tag frei - was ohnehin nur selten vorkam -, so wurde sie bei ihrer Rückkehr mit belanglosen Fehlern, die eigentlich nicht als solche betrachtet werden konnten, konfrontiert. Das schien die Frau, die krampfhaft versuchte, irgendetwas an der Arbeitsweise von Geneviève bemängeln zu können, richtiggehend zu genießen. Meine Freundin wurde von dieser Person eingeschult, da sie bereits länger in diesem Unternehmen tätig war. Es kam zu fehlerhaften Erklärungen, die schlussendlich von ihr als «*Hörfehler*» hingestellt wurden. Somit wurde Geneviève die Schuld zugeschoben, wobei sie eigentlich die Arbeit lediglich so ausgeführt hatte, wie sie es sich damals in ihren Notizen vermerkt hatte, nachdem die beiden die Arbeitsschritte beim ersten Mal gemeinsam durchgegangen waren. Versuchte sich das junge Mädchen in diesem Fall in irgendeiner Weise zu rechtfertigen, so wurde es sogleich von einer anderen Kollegin mit den Worten: «*Geneviève, ich glaube, Sie werden schön langsam paranoid!*», abgespeist. Meine Freundin fühlte sich einfach nur ungerecht behandelt und verstand die Welt nicht mehr. Sie wollte doch nur die Wahrheit sagen und erklären, wie sich der Vorfall wirklich ereignet hatte, aber niemand wollte ihr Glauben schenken. Ich denke, es erklärt sich von selbst, dass so ein Verhalten von älteren, eigentlich schon reiferen Personen, keineswegs akzeptabel ist. Man sollte zu seinen Fehlern stehen und die Schuld nicht auf andere abwälzen. Meine Freundin hatte einen ausgeprägten Gerechtigkeitssinn, weshalb sie diese Falschheit besonders störte. Sie war enttäuscht, weil sie sich so bemühte und das einfach niemand zu merken schien, im Gegenteil, sie wurde also auch noch mit Fehlern in Verbindung gebracht, für die sie im Grunde genommen überhaupt nicht verantwortlich war. Geneviève war eine sehr schlaue Person, überaus intelligent. Ihr großes Handicap aber, das war ihre schüchterne, fast schon ängstliche Persönlichkeit. Diese innere Unruhe, die Anspannung, die Angst im Allgemeinen also, all diese Komponenten waren es, die ihr das Leben zusätzlich zur Qual machten. Sie konnte sich nicht so präsentieren, wie es ihre Kollegin vermochte, vielleicht aber wollte sie das auch gar nicht, weil es einfach nicht ihrem Charakter entsprach, sich in den Vordergrund zu drängen. Außerdem war in diesem Unternehmen eine strenge Hierarchie vorherrschend, weshalb man es als schlaue, sich jedoch in untergeordneter Position befindliche Person äußerst schwer hatte. Auch wenn man sich noch so sehr bemühte, war es nicht möglich, diese herrschende Ordnung zu durchbrechen. Tüchtigkeit wurde nicht belohnt. Was

Geneviève maßlos störte, das war die Überheblichkeit einiger höhergestellter Personen. Traf sie solche Leute auf dem Korridor, so konnte es durchaus vorkommen, dass diese ihren Gruß nicht erwiderten, weil sie ihre Nase zu hoch trugen und meinten, sie seien etwas Besseres, doch im Grunde genommen kam selbst bei ihnen beim Toilettengang kein Gold zum Vorschein. Außerdem mussten sie genauso sterben wie alle anderen auch, blieben auch sie von Krankheiten nicht verschont, die man schlussendlich nicht immer mit Geld und höherem Ansehen leichter bekämpfen kann. Nicht alles vermag man also mithilfe von Reichtum und Wohlstand zu lösen. Der Tod selbst macht eben keinen Unterschied zwischen den einzelnen Schichten. Begegneten Geneviève Kolleginnen in einer Gruppe, so beachteten diese meine Freundin nicht. Nur dann, wenn sie alleine unterwegs waren, grüßten sie zurück. Diese Umstände existierten aber nicht nur hier, sondern generell, denn ihre Nachbarn musste sie beispielsweise immer zuerst grüßen, erst dann folgte auch von ihnen eine dementsprechende Reaktion. Geneviève dachte insgesamt einfach viel zu viel über alles nach und machte sich somit selber fertig. Sie wollte die Welt ein bisschen besser machen, auch wenn sie wusste, dass das eine naive Einstellung war. Außerdem war sie erpicht darauf, dass die Leistung an erster Stelle stehe – ein Wunschtraum, der nie in Erfüllung gehen sollte. Genauso wie in der Tierwelt der Stärkere gewinnt, den Schwächeren sozusagen zu Fall bringt, geschieht dies auch in unserem Leben. Nicht auf sein Gewissen zu hören, das könnte also durchaus vorteilhaft sein, doch muss man auch die Fähigkeit dazu besitzen, so eine Haltung schließlich auch in die Tat umzusetzen ohne sich dabei schlecht zu fühlen. Man muss dazu imstande sein, gewissenlos zu agieren. Mit der Zeit wurde Geneviève innerlich immer wütender, ließ sich äußerlich davon aber nichts anmerken. Stille Menschen sind nicht dumm. Sie sind im Grunde genommen oftmals sogar bessere Beobachter als andere. Sie nehmen sehr wohl vieles zur Kenntnis. Nicht immer müssen sie aber ihre Gedanken laut aussprechen und diese jemandem mitteilen. Geneviève war traurig und weinte zu Hause sehr oft. Einige andere Kolleginnen fühlten sich ebenso stark gegenüber der zarten jungen Frau. Eine Dame sagte beispielsweise einmal zu ihr, nachdem Geneviève stolz verkündet hatte, was sie schon alles erledigt habe: «*Der Ich hat das gemacht, der Ich.*» Das ärgerte sie besonders, denn sie hatte sich damals noch gefreut, mitteilen zu können, dass diese Tätigkeit schon abgeschlossen sei. Sie hatte doch sowieso schon ein sehr geringes Selbstvertrauen und durch Bemerkungen dieser Art wurde dieses noch mehr in Mitleidenschaft gezogen. Diese Kollegin machte auch folgende Bemerkung: «*Geneviève, wir sind hier keine Solisten.*» Ein anderes Mal sagte sie, nachdem meine Freundin ihr verkündet hatte, dass sie eine spezielle Frage nicht beantworten könne: «*Geneviève, dass Sie einmal etwas nicht wissen….*» Was das junge, engagierte Mädchen auch sehr schmerzte, war die Tatsache, dass verschiedene Informationen vorerst immer nur der Person des jeweiligen Arbeitsbereiches, die ein wenig höhergestellt zu sein schien, mitgeteilt wurden. Einmal war meine Kameradin – trotz ihrer Gutmütigkeit - in so einer Situation nicht mehr dazu fähig, ihre innere Wut zurückzuhalten, woraufhin eine Kollegin fragte: «*Geneviève, sind Sie heute etwa mit dem falschen Fuß aufgestanden?*» Auf individuelle Bedürfnisse der Mitarbeiter wurde nur selten eingegangen, was sehr feinfühlige Personen ganz besonders trifft. Versuchte Geneviève andere auf noch zu erledigende Tätigkeiten aufmerksam zu machen, so waren unangebrachte Wortmeldungen von gewissen Personen durchaus an der Tagesordnung. Auch meine Freundin wäre sicherlich dazu in der Lage gewesen, deplatzierte Kommentare zu äußern, doch sie war nicht der Mensch, der andere verletzen wollte, deshalb hielt sie sich zurück. In der «Corona-Zeit» registrierte eine Dame, dass sich die junge Frau mit einer befreundeten Mitarbeiterin unterhielt, dabei aber keine Maske trug, woraufhin sie energisch und mit lauter, scharfer Stimme belehrend rief: «*Maske!*» Dieses Verhalten war nicht wirklich angebracht, denn dieselbe Botschaft hätte man auch auf andere Art und Weise vermitteln können. Es heißt ja schließlich nicht umsonst: «*Der Ton macht die Musik.*» Einmal teilte meine Freundin einer Kollegin mit, dass sie noch Geld in die dafür vorgesehene Kasse einzahlen müsse, woraufhin diese abschätzig erwiderte: «*Ich weiß selber, wann ich bezahlen muss!*» Schließlich dauerte es aber dann oftmals beinahe ein ganzes Jahr, bis der Betrag endlich beglichen wurde. Geneviève hatte nichts Böses im Sinn, als sie bezüglich der noch ausstehenden Zahlung urgierte. Sie fand es aber immer gemein und nicht passend, wenn sie solche Antworten erhielt. Aus Erfahrung wusste sie bereits, dass sie sich so mancher Dame vorsichtig zu nähern hatte, um Konflikten oder möglicherweise auftretenden Eskalationen aus dem Weg zu gehen. Dennoch, obwohl sie diese Strategien bewusst einsetzte, bewirkte das schlussendlich nichts, denn es kam trotzdem zu diversen unangebrachten

Meldungen. Viele Mitarbeiter verhielten sich gereizt und reagierten dann dementsprechend. So sagte beispielsweise eine Frau, nachdem meine Freundin von ihr eine Auskunft benötigte, weil sie mit diesem speziellen Aufgabenbereich nicht so vertraut war, mit lauter Stimme vor den anderen Damen: «*Geneviève, das hatten wir doch schon!*» Eigentlich aber hätte sich meine Kameradin lediglich eine ganz normale Antwort erwartet. Es kam auch vor, dass meiner Freundin vorgeworfen wurde, nachdem sie die Hose ihrer Kollegin, die von der Wäsche retour gekommen war, in ihrem Schrank vorgefunden hatte, sie würde dieser nicht nur die Arbeit, sondern auch die Kleidung wegnehmen. Die junge Frau bemerkte nämlich oft, dass ihre Kollegin Tätigkeiten lange vor sich herschob, sodass sie selbst diese schließlich erledigte. Eine andere Dame sagte, nachdem Geneviève sicherheitshalber ein Duplikat mehr eines zu kopierenden Stapels angefertigt hatte, dass sie später, wenn sie einmal einen Haushalt führen würde, schon merken werde, wie teuer alles sei, wenn man selber dafür aufkommen müsse. Außerdem war es ihr plötzlich nicht mehr erlaubt, an Vormittagen das gemeinsame Arbeitszimmer in Richtung der zentralen Kopierstelle zu verlassen, weshalb schließlich ein Streit derart ausartete, dass dabei Dokumente zerknüllt beziehungsweise sogar zerrissen wurden. Ihre Kollegin ging sofort zu einer Vorgesetzten und schwärzte sie an, obwohl Geneviève eigentlich nicht die Schuld daran trug. Anschließend wurde sie von dieser Dame darauf aufmerksam gemacht, dass sie, wenn das so weitergehen würde, mit ihr zur Verwaltung gehen müsse. Meine Freundin fand das Leben einfach nur ungerecht und wusste nicht mehr, wie sie sich gegen all diese Unverschämtheiten zur Wehr setzen sollte. Ich selber kann aber behaupten, die bei ihr stets vorherrschende Niedergeschlagenheit definitiv sehr gut nachvollziehen zu können. Meine Meinung dazu ist, dass man sich eigentlich nicht wundern darf, wenn sensible Menschen schließlich in die Psychiatrie kommen - was meiner Freundin jedoch erspart blieb -, denn wird man immer wieder ungerecht behandelt und zugleich die Leistung nicht anerkannt, kann es durchaus vorkommen, dass man immer depressiver wird, weil man innerlich schier verzweifelt. Ich bin sowieso der Ansicht, dass man in psychiatrischen Anstalten vieler Menschen gewahr wird, die sich lediglich dort befinden, weil ihnen vermehrt Verletzungen – seien es nun physische oder psychische, wobei es sehr oft Worte sind, die sich tief in unsere Seele eingraben - von anderen zugefügt wurden. Die Leute, die schließlich therapiert werden, waren schlicht und einfach nicht mehr dazu in der Lage, ihr Leben mit dieser in der Welt vorherrschenden Ungerechtigkeit und Falschheit zu vereinbaren. Diese Menschen waren insgesamt zu vulnerabel, zu feinfühlig, zu zart besaitet und mit einem zu liebevollen Charakter ausgestattet, um unter diesen Umständen auf ihre Art und Weise überleben zu können. Die «Täter» wären eigentlich die, die behandelt werden müssten. Viele «Opfer» bekommen Angst, ziehen sich sowohl innerlich als auch äußerlich zurück, isolieren sich und verlieren immer mehr an Lebensfreude. Kein Wunder also, dass Geneviève ihre Pause schließlich sogar auf der Toilette verbrachte, um dort zu essen. Das Mädchen fühlte sich in der Gesellschaft der anderen nicht mehr wohl. Es fürchtete sich geradezu vor bösen Wortmeldungen, die ihm erneut stark zusetzen würden. Um das nicht ertragen zu müssen, vermied Geneviève Zusammenkünfte jeglicher Art, die nicht unbedingt wahrgenommen werden mussten. Meine Freundin war ohnehin schon lange mit den Nerven am Ende. Eigentlich bewundernswert, wie sie es dennoch schaffte, keinen einzigen Tag ihrer ständigen psychischen Erschöpfung wegen zu Hause zu bleiben, musste sie doch stets diese immense Anspannung ertragen. In der Therapie erzählte sie uns von einem Vorfall, der sich in der Zeit ereignete, als sie ihre Pause noch im gemeinsamen Dienstzimmer verbrachte. Aus Langeweile begann sie damit, Buchstaben in der Zeitung auszumalen. Auf einmal grinste eine Kollegin und sagte vor allen anderen: «*Damit habe ich schon in der Volksschule aufgehört.*» Anschließend lachte sie auch noch. Geneviève war das richtig peinlich. Aufgrund dieser Bemerkungen wurde sie in ihrem Auftreten derart eingeschränkt, dass sie in der Anwesenheit anderer ihre Pause nicht mehr in diesem Raum verbringen wollte und dann fieberhaft einen Ort suchte, an dem sie ungestört ihr Essen einnehmen konnte - das war eben damals die Toilette. Sie fühlte sich äußerst unwohl und war am liebsten alleine. Eine weitere Wortmeldung einer Kollegin kam zustande, als Geneviève, nachdem sie sich erbrochen hatte, was jedoch psychosomatischen Ursachen geschuldet war, nicht nach Hause gehen wollte, da sie ja ohnehin niemanden anstecken konnte. Sie wurde mit den Worten: «*Geneviève, hast du zu Hause so ein hässliches Zimmer, dass du nicht heimfahren willst?*», konfrontiert. Vorrangig aber ging es den meisten nur darum, sich selber nicht zu infizieren. Das Mädchen kam sich so vor, als kämpfe es alleine gegen alle. In unserer Therapie erwähnte Geneviève noch viele andere unangebrachte, teils bissige Kommentare von Kolleginnen, die ich aber hier nicht näher ausführen möchte. Einige der Mitarbeiterinnen wiesen auch einen durchwegs cholerischen Charakterzug auf, weshalb sich Geneviève immer vorsah, sich so wenig wie möglich in deren Nähe aufzuhalten. Erwähnen möchte ich noch, dass man ihr vorwarf, das WC würde nach ihrem Toilettengang, der nun einmal menschlich ist und bei dem - wie wir alle wissen - keine Parfum-Düfte entstehen, stinken. Infolgedessen vermied sie es – so gut es eben ging – diese Toilette aufzusuchen.

Welchen anderen Ort gäbe es aber stattdessen, wenn es nicht ratsam ist, in so einem Fall das WC, welches ja eigentlich für solche Angelegenheiten gedacht wäre, zu benützen?

Eine Frage, die nur schwer zu beantworten ist.

Sehr schlimm war es für die junge Frau, als man ihr sozusagen durch die Blume mitteilte, dass sie in die Psychiatrie gehöre. Immer öfter war Geneviève aufgrund von emotionalem Stress übel, weshalb sie sich auch einmal im Bus, mit welchem sie täglich zu ihrer Arbeitsstelle fuhr, übergeben musste. Ein anderes Mal schaffte sie es gerade noch, ihren Brechreiz bis zur nächsten Haltestelle zu bändigen, um sich dann schlussendlich im Freien zu erbrechen. Auch in der Firma selbst kam es durchaus vor, dass ihr Magen rebellierte, woraufhin eine Kollegin sagte: *«Das geht ja schon einmal gar nicht, dass Sie sich hier auskotzen.»* In dieser Zeit lief sie selber, obwohl sie das eigentlich so sehr verabscheute, mit einer «Maske» umher, damit niemand ihrer Traurigkeit, die tief in ihr verborgen war, gewahr wurde. Sie wurde immer depressiver und verbrachte ihre freie Zeit fast ausschließlich im Bett. Als ihre ungeliebte Kollegin schließlich kündigte, nachdem sie Geneviève noch gewünscht hatte, dass diese später auch einmal eine junge Kollegin bekommen sollte, die ihr das Leben schwer machen würde, hätte sich meine Freundin eigentlich freier fühlen müssen, doch das war nicht der Fall. Übrigens, das Zimmer, welches sie sich fünf Jahre lang geteilt hatten, bot kein natürliches Tageslicht - ein Umstand, der die depressiven Symptome keinesfalls reduzieren, sondern diese eher fördern sollte, denn eigentlich wäre Sonnenlicht essentiell für die seelische Gesundheit eines Menschen. Von der Nachfolgerin war Geneviève durchaus sehr angetan. Diese Dame war wie eine zweite Mutter für sie und vor allem – das schätzte meine Freundin sehr, nachdem sie diese beschwerlichen Erfahrungen gemacht hatte – war sie durchwegs ehrlich. Da die Frau aber mit den herrschenden Arbeitsbedingungen nicht zufrieden war, weil es doch recht anstrengend war, nie an einem festen Arbeitsplatz verbleiben zu können - ein ständiger Wechsel war notwendig geworden -, verließ sie schlussendlich den Betrieb wieder. Beim Abschied ließ sie allerdings ihrem Unmut freien Lauf und das, obwohl sie im Grunde genommen eine unglaublich angenehme, zuvorkommende und vor allem freundliche Person war. Nachdem eine Kollegin zu ihr gesagt hatte, dass man sich vielleicht wieder einmal begegnen würde, hatte sie erwidert: «*Ja, aber hier sicher nicht mehr!*» Auch sie musste nämlich damals hin und wieder weinen, das aber machte sie wiederum menschlich und echt. Später sollte meine Freundin eine weitere nette Arbeitskollegin bekommen. Am Ende war diese ebenfalls nervlich angeschlagen. Dieser Dame war manchmal übel, weshalb Geneviève oftmals eine ihrer Tätigkeiten zu übernehmen hatte, obwohl es ihr selbst nicht gut ging. Es war also zu Umstrukturierungen im Betrieb gekommen, wodurch die Motivation bei meiner Freundin immer mehr schwinden sollte. Durch die notwendig gewordene Zusammenlegung zweier Abteilungen hatten sich vor allem Nachteile für sie ergeben. Viele Arbeiten, für welche die junge Frau früher verantwortlich gewesen war, fielen abrupt weg, wurden plötzlich von heute auf morgen von anderen übernommen. Geneviève fühlte sich nun so, als würde sie niemand mehr brauchen, als sei sie nutzlos geworden. Jetzt stürzte sie erst recht in eine tiefe Krise. Sie beabsichtigte jedoch nicht die Stelle zu wechseln, sondern ihr Leben zu beenden. Durch die nervlichen Strapazen der letzten Zeit war sie so unglücklich geworden, dass sie die Chance nutzen wollte, alles hinter sich zu lassen und das am besten in dem Zeitraum, in dem ihre Kollegin noch anwesend wäre. In ihrer schlimmsten Zeit dachte sie also daran, dass die Arbeit weitergehen, dass sich jemand auskennen müsse und das wäre schließlich nicht mehr der Fall, wenn sie selbst tot und ihre Kollegin bereits weg sein würde, deshalb musste der Entschluss zu sterben so bald wie möglich in die Tat umgesetzt werden. Es folgte ihr Selbstmordversuch, der jedoch lediglich ein Versuch bleiben und nicht glücken sollte. Am Morgen dieses Tages forschte sie im Computer nach der notwendigen Adresse, um diese schließlich nach der Arbeit in ihr Navigationsgerät eingeben zu können. Sie wollte sich nämlich in die Tiefe stürzen, doch es war zu der von ihr anvisierten Tageszeit bereits zu finster und somit konnte sie den Weg nicht finden. Geneviève hatte nämlich keine Taschenlampe dabei, weshalb sie beschloss, es sobald wie möglich auf andere Art und Weise zu versuchen. Verstört fuhr sie nach

Hause, aber durch die eisigen Fahrverhältnisse, mit welchen sie nicht vertraut war, weil sie normalerweise bei diesen Bedingungen nicht mit dem Auto unterwegs war, prallte sie unbeabsichtigt gegen einen Baum. Am nächsten Tag suchte sie in der Firma selbst fieberhaft nach Fenstern, die in höheren Stockwerken gelegen waren, um sich auf diese Weise das Leben zu nehmen, jedoch war ihr dies nicht möglich, denn alle Griffe waren abmontiert. Ihre Eltern sprachen daraufhin mit einer Vorgesetzten - die später aufgrund dessen zu ihrer Vertrauten werden sollte, der sie alles erzählte -, woraufhin diese eine ihr bekannte Ärztin als potentielle Therapeutin vorschlug. Seitdem musste Geneviève Antidepressiva einnehmen, die ihr sicherlich in irgendeiner Form zu helfen schienen. Glücklich, frei und unbeschwert, so erlebte ich sie aber dennoch nie. Das Leben blieb für sie eine tägliche Überwindung, eine Tortur, eine Qual. Vor allem die Weihnachtsfeiertage und der Beginn des neuen Jahres stellten für Geneviève jedes Mal erneut eine besondere Belastung und Herausforderung dar. In diesen Tagen schien jeder glücklich zu sein, doch im Prinzip fing das Leben ja wieder von vorne an und dieser Umstand war für viele depressive Menschen nicht unbedingt ermutigend. Was mich besonders beeindruckte, das war die Tatsache, dass Geneviève am Tag nach ihrem Suizidversuch in die Arbeit ging und sich so verhielt, als sei absolut nichts geschehen, als wäre es ein ganz normaler Tag für sie. Andere blieben bereits bei den kleinsten Anzeichen einer Verkühlung zu Hause, reizten ohne Bedenken das System aus, während sie sogar nach so einem Vorfall zur Tagesordnung überging. Das zeigt, dass sie mit sich selbst nicht zimperlich umging, sondern stets alles aus sich herauszuholen versuchte. Sie achtete nicht auf ihr Befinden, versuchte immer ihr Bestes zu geben, auch wenn es ihr dabei so unglaublich schlecht ging. Das ist schon bewundernswert, wenn auch rücksichtslos sich selbst gegenüber. Mir tat Geneviève leid, doch ich konnte ihr nicht helfen. Sie war traurig und blieb es ihr ganzes Leben lang. Zu einem späteren Zeitpunkt schloss sie Freundschaft mit einigen Damen ihrer Abteilung. Sie unternahm auch privat hin und wieder etwas mit ihnen, was ihre Stimmung ein wenig zu verbessern schien. Jene Kolleginnen mochte sie besonders gerne, weil sie es ehrlich mit ihr meinten und weil sie sich immer auf sie verlassen konnte. Diese Eigenschaften waren es, die Geneviève überaus schätzte. Während andere ständig etwas zu bemängeln hatten oder einfach vieles besser zu wissen meinten, konnten diese Damen – ihre Freundinnen

- die Probleme und Sorgen der jungen Frau wirklich nachvollziehen. Obwohl sie damals auch außerhalb der Arbeit Kontakt zu einigen sehr netten Kameradinnen pflegte, änderte all das aber im Grunde genommen nichts an der inneren Unzufriedenheit, die sich schon seit Jahren in Geneviève festgesetzt hatte und einfach nicht mehr weichen wollte. Wenn man sie gut genug kannte und man ihr ganz genau in die Augen blickte, dann wurde man dieser Traurigkeit, die stets ein Teil von ihr sein sollte, sehr wohl gewahr. Diese immense Anspannung war immer präsent. Der Druck in ihrem Kopf war ein unsichtbarer Begleiter, den niemand sehen konnte», erklärte Aurélie.

Magali fügte hinzu: «Verletzt sich jemand äußerlich, so kann man das erkennen, die innere Verzweiflung jedoch bleibt sehr oft unbemerkt und wird - sollte sie dennoch von jemandem registriert werden - nicht wirklich beachtet beziehungsweise nicht ernst genommen. Viele Menschen, denen es psychisch schlecht geht, schämen sich außerdem und versuchen krampfhaft, ihre vermeintlichen Unzulänglichkeiten vor anderen zu verbergen. Psychische Probleme sind in unserer Hochleistungsgesellschaft leider immer noch mit einem Stigma behaftet. Ich persönlich vertrete die Meinung, dass innere Wunden für die Betroffenen viel schlimmer sind als äußere. Viele sichtbare

Verletzungen heilen wieder, doch innere Narben bleiben meist ein Leben lang bestehen und nur wenigen Menschen gelingt es wirklich, sich ihrer zu entledigen. Frühere Erfahrungen haften an uns, wenn wir sie auch mit aller Kraft zu verdrängen versuchen. Es ist bedrückend, wenn man sich dessen erst so richtig bewusst wird, inwiefern äußere Einflüsse die Psyche eines Menschen verändern können.»

Die junge Frau sagte: «Geneviève war eine unglaublich tapfere Person, die stets bestrebt war, jede Aufgabe, die ihr zugeteilt wurde, so gut wie möglich zu meistern, auch wenn dies unbelohnt bleiben sollte. Sie musste oft «einspringen», wenn Kolleginnen Urlaub hatten oder plötzlich krank wurden, was immer wieder leicht passieren konnte, durchaus auch untertags, denn schließlich kann es schon einmal vorkommen, dass man abrupt Kopfschmerzen bekommt oder der Magen Umstände macht. Sie war also immer darauf gefasst, dass jederzeit irgendetwas Unvorhergesehenes passieren konnte. Manchmal verglich sie sich mit einem *«Reservetormann»*, denn auch dieser wurde immer nur dann eingesetzt, wenn der Spieler ersten Ranges ausfiel, zu diesem Zeitpunkt hatte er jedoch ohne Wenn und Aber zur Verfügung zu stehen. Geneviève befand sich stets im

Hintergrund, gleichsam einem Schatten, den niemand sieht, erledigte aber unglaublich viel. Um sich selber ein leichteres, ein angenehmeres Leben zu ermöglichen wurden Arbeitsaufträge, die Kolleginnen erhielten, auf meine Freundin abgeschoben. Die Lorbeeren dafür ernteten meistens aber die anderen. Für ungeliebte Tätigkeiten, die eigentlich nicht in ihr métier fielen und die sie nicht zu tangieren schienen, war sie ebenso zuständig. Oftmals musste sie sogar die Unordnung beseitigen, die nicht von ihr selbst verursacht worden war. Ungern wurde es hingegen gesehen, wenn man Leute anderer Arbeitsbereiche in irgendeiner Form unterstützte. Wurde davon Kenntnis genommen, so war dies der Anlass dafür, sogleich eine Besprechung einzuberufen, in welcher man versuchte, diesen unerwünschten Umstand so schnell wie möglich wieder aus der Welt zu schaffen. Geneviève schrieb ihre Überstunden nie auf, vor allem deshalb nicht, weil sich dadurch erneut zusätzliche Urlaubstage ergeben hätten. Sie wollte das auf keinen Fall, denn schließlich – andere Dienstnehmer schrieben bereits zehn Minuten auf – würde sich die Arbeit dann wieder ansammeln und das wollte sie unbedingt vermeiden, wäre sie selbst am Ende doch wieder die Leidtragende gewesen. Eine Belastung war es für sie, ständig den Arbeitsplatz – einige Male am

Tag – wechseln zu müssen, denn im Endeffekt konnte man sich nie mit voller Aufmerksamkeit einer Aufgabe widmen. Ständig wurde man unterbrochen und damit aus der Konzentration gebracht. Auch wenn sich Geneviève der vorherrschenden Ungerechtigkeit durchaus bewusst war, so versuchte sie dennoch all das einfach stoisch zu ertragen und sozusagen «*gute Miene zum bösen Spiel*» zu machen. Stets passte sie sich der jeweiligen Situation an. Einmal jedoch platzte ihr aufgrund all dieser Zumutungen zu Hause der Kragen, weshalb sie ihr Handy auf den Boden warf, sich daraufhin niederkniete und laut zu schreien und zu weinen begann. Man könnte durchaus sagen, dass sie damals einen leichten Nervenzusammenbruch erlitt. Eigentlich jedoch hätte meine Freundin sehr stolz auf sich selbst sein können. Wenn man ehrlich ist, dann bewältigte sie nämlich nun oftmals Arbeitsaufträge, die vom Ausmaß her für zwei Personen gedacht gewesen wären, nur um sich anschließend aber Kommentare anhören zu müssen wie zum Beispiel, dass sie schwitzen würde und man das riechen könne. Von Fragen wie beispielsweise wie oft sie sich waschen würde oder wie oft sie ihre Dienstkleidung wechsle, sollte sie auch nicht verschont bleiben. Erkundigungen dieser Art einzuholen, das ist meiner Meinung nach ausschließlich respektlos und auch Geneviève hatte damit sehr zu kämpfen. Solche Bemerkungen verletzen die Intimsphäre von Einzelpersonen und das ist in jeder Hinsicht unangebracht. Außerdem, wer arbeitet, der kann schon mal ins Schwitzen kommen, wer nichts tut, der läuft auch nicht Gefahr, mit einem derartigen Umstand konfrontiert zu werden, denn beim Kaffee trinken ist die Wahrscheinlichkeit, dass man zu schwitzen beginnt, ziemlich gering. So manche Pause der Kolleginnen konnte sich durchaus auch in die Länge ziehen, während Geneviève selbst – aufgrund von Ehrgeiz und Arbeitseifer – manchmal ihre Mittagspause nicht in Anspruch nahm und die mitgebrachte Jause während der Arbeitszeit regelrecht hinunterschlang. Obwohl sie also mit ihrer Tätigkeit nicht zufrieden war, nahm sie auf ihre eigenen Bedürfnisse keinerlei Rücksicht, sondern agierte so, als wäre alles in bester Ordnung. Das war sicherlich nicht einfach, sagt man doch «*Was man gern macht, macht man gut.*» Arzttermine, die sich meine Freundin bemühte, in ihrer Freizeit zu vereinbaren, wurden von anderen durchaus ungeniert während der Arbeitszeit in Anspruch genommen. Ein angemessener kollegialer Umgang sowie ein richtiger Zusammenhalt waren nicht wirklich gegeben. Es gab durchaus einige Ungereimtheiten. Immer wieder wollten sich Leute beweisen, vor allem in den unzähligen Besprechungen, die unglaublich viel Zeit in Anspruch nahmen. Manchmal hatte es den Anschein, als würden diese Gespräche niemals enden. Es gab viele, die sich in Szene setzten, während einige wenige die Arbeit erledigten. Aus Kleinigkeiten wurden Tragödien gemacht. Über Belangloses, das nicht der Rede wert war, wurde stundenlang diskutiert. Vieles erschien Geneviève unsinnig, wurde verkompliziert und so mancher Arbeitsvorgang ging sprichwörtlich «*über drei Ecken*», weshalb es immer wieder notwendig war, bereits vereinbarte Termine mit Kunden, von denen einige eine besondere Betreuung erhielten, abermals zu verschieben. Die Theorie nahm beinahe mehr Platz ein als die Praxis. Würde aber jeder stets an solchen Zusammenkünften teilnehmen, so würde die täglich anfallende Arbeit unerledigt bleiben. Auch die Dokumentation wurde als sehr bedeutungsvoll eingestuft. Man muss so unglaublich stark sein, um all das ertragen zu können ohne dabei psychische Schäden davonzutragen."

Magali sagte: «Ich weiß, was Sie meinen. Obwohl man sich dessen bewusst ist, wie die Abläufe sind und erkennt, dass sehr, sehr viel falsch läuft, darf man sich aber dennoch nicht unterkriegen lassen. Niemals soll man sich von anderen kaputtmachen lassen. Ruhige Leute sprechen zwar nicht so viel, doch in Wahrheit nehmen sie die Vorgänge in ihrer unmittelbaren Umgebung viel deutlicher und bewusster wahr als andere dies je vermögen. Meine Meinung dazu ist, dass man nicht immer laut sein muss. Leider aber ist es in unserer Gesellschaft so, dass die Lauten im Vordergrund stehen, während die Leisen nicht beachtet werden, obwohl sie doch eigentlich so viel wüssten.»

Aurélie erklärte: «War es für andere primär wichtig, sich mit den Kolleginnen abzusprechen wann, wie oft und wie lange sie Pause machen sollten, so war das für Geneviève hingegen zweitrangig. Erst dann, wenn alles erledigt war, gönnte sie sich eine kurze Auszeit. Sie kämpfte immer, obwohl sie grundsätzlich wusste, dass es umsonst war und genau dieses Wissen war es, das sie innerlich verzweifeln ließ. Maßlos ärgern konnte sie sich über Leute, die sich ständig wegen jedem noch so leichten Schnupfen krankschreiben ließen, obwohl sie eigentlich die Klugen waren, denn es stand ihnen ja schließlich zu. Für Geneviève aber waren all das Kleinigkeiten im Vergleich zu ihrer stets anwesenden depressiven Verstimmung und ihren anhaltenden Ängsten. Alle Menschen darf man hingegen auch nicht in einen Topf werfen, denn manchmal ist man wirklich krank oder ein Todesfall verlangt eine unvorhergesehene Abwesenheit. Ebenso ist es möglich, dass man sich als pflegender Angehöriger frei nehmen muss oder dass es schlechte Wetterverhältnisse nicht erlauben, die Arbeitsstätte aufzusuchen. Generell aber bin ich der Meinung, dass nur Menschen, die selber depressiv sind wissen, was es bedeutet, von dieser Krankheit betroffen zu sein. Nur sie können es nachempfinden, wie unglaublich belastend es ist, sich trotz innerer Hoffnungslosigkeit, Traurigkeit, Niedergeschlagenheit, Ausweglosigkeit und Todessehnsucht - alles Faktoren, die in schlechten Phasen besonders ausgeprägt auftreten - immer wieder aufzuraffen und den Alltag zu bewältigen. Man ist dazu eigentlich nicht in der Lage, weil man sich so ausgebrannt und energielos fühlt, dass man am liebsten den ganzen Tag im Bett verbringen möchte.»

«Die Depression ist eine heimtückische, sehr gefährliche Krankheit, die das ganze Wesen einer Person beeinflusst», sagte Magali.

«Geneviève war von einer chronischen Depression betroffen», erzählte Aurélie. «Stets musste sie sich bemühen, während einem eigentlich harmlosen Gespräch nicht plötzlich in Tränen auszubrechen. Ihre Anspannung war derart stark ausgeprägt, dass sie sich nie frei fühlen konnte. Vor allem hatte sie Angst vor Menschen. Sie mochte die sozialen Kontakte nicht, fürchtete sie sich doch geradezu vor unangebrachten Kommentaren oder abschätzigen Blicken. Die Vergangenheit hatte sie gelehrt, dass Personen durchaus dazu in der Lage sind andere anzugreifen, um mit diesem rücksichtslosen Verhalten deren Selbstwertgefühl zu schwächen und sich somit selber besser zu fühlen. Es waren also die Erfahrungen mit Menschen, die sie dazu veranlassten, so gehemmt, so voller Furcht vor Ablehnung zu sein. Früher wurde sie oft übersehen, einfach nicht beachtet, nicht wahrgenommen. Ging sie zum Beispiel mit ihrer Familie essen, konnte es durchaus vorkommen, dass sie die einzige Person war, die keine Speisekarte vorgelegt bekam. Hätte sie in so einem Moment ihrem Unmut Luft gemacht, wäre ihr das Weinen aufgrund der innerlich angestauten Wut sicherlich nicht erspart geblieben. Geneviève war eben einfach nicht der Typ Mensch, der sich ständig mit anderen austauschen musste. Sie zog es vor, einer Unterhaltung lediglich beizuwohnen ohne sich jedoch dabei selbst einzubringen. Unangebracht fand sie es auch, wenn Leute sie während eines Gesprächs, bei dem mehrere Personen zugegen waren, nicht ansahen, nur deshalb, weil sie ihre Meinung dazu nicht kundtat. Schließlich lernt man schon in der Schule, zum Beispiel im Zuge eines Vortrags wie etwa einem Referat - welches Geneviève übrigens am liebsten immer alleine vorbereitet hatte -, dass man den Blick zu allen Anwesenden schweifen lassen sollte. Waren ihre Mutter und sie unterwegs und trafen Bekannte, wurde bei der Begrüßung sehr oft lediglich die Singularform verwendet, so als wäre Geneviève unsichtbar, einfach nicht anwesend. Einmal ging sie zur Eucharistie, hielt die Hand auf, um die Hostie zu empfangen, woraufhin ihr aber lediglich das Kreuzzeichen gegeben wurde, obwohl sie die Erstkommunion – sowohl die dafür notwendigen Vorbereitungsstunden als auch jene, die später für die Firmung erforderlich waren, besuchte sie äußerst ungern - bereits hinter sich hatte. Seitdem ging sie in ihrer Heimatgemeinde nie mehr zur Eucharistie, blieb stattdessen immer in der Bank sitzen. Als Vater und Tochter einmal gemeinsam den Wocheneinkauf erledigten, befand sich Geneviève bereits an der Kasse, während der Vater noch im Geschäft unterwegs war. Als er sich schließlich in die Reihe einordnete, entschuldigte er sich bei einem hinter meiner Freundin stehenden Mann, da er sich nicht vordrängen wollte. Geneviève wurde in dieser Situation innerlich unglaublich wütend und rief schließlich: «*Ich stehe ja schon da oder bin ich niemand?*» Anschließend, obwohl sie im Recht war, wagte sie es aber nicht mehr, dem Kunden ins Gesicht zu blicken. Es waren oftmals solche kleinen Ereignisse, die Geneviève innerlich vor Wut überkochen ließen, die sie dazu veranlassten, sich vorzunehmen, in Zukunft Abstand zu den Menschen zu halten, sie innerlich manchmal sogar zu hassen. Ihr ohnehin schon so geringes Selbstwertgefühl wurde immer schwächer. Stets zweifelte sie an ihren Leistungen. Jedem wollte sie alles recht machen, damit sich niemand über sie beschweren könne.»

Magali fügte hinzu: «Wenn ich mir ihre Erzählungen so anhöre, dann glaube ich, dass bei Ihrer Freundin eine Komorbidität vorlag. Ich denke, dass sie zusätzlich zur Depression von einer ängstlich-vermeidenden Persönlichkeitsstörung betroffen war. Wahrscheinlich kam die Depression schließlich aufgrund der bereits vorliegenden Angsterkrankung zum Ausbruch. Geneviève isolierte sich, weil sie Angst vor den vermeintlich negativen Beurteilungen anderer hatte. Kein Wunder, nachdem sie in der Vergangenheit schon so oft mit Beleidigungen jeglicher Art konfrontiert wurde. Sie schützte sich mithilfe dieser Abwehrtechnik vor neuen Verletzungen, die ihr zugefügt werden könnten.

Manchmal denke ich – ohne Ihnen jedoch zu nahe treten zu wollen -, dass auch bei Ihnen diese Art von Störung vorliegt.»

Die junge Frau antwortete: «Ja, da haben Sie sicher recht. Ich habe mich im Heim auch immer in mein Zimmer zurückgezogen, weil ich mich regelrecht vor den anderen Kindern fürchtete. Wenn ich alleine war, konnte mir nichts passieren, dann hatte ich meine Ruhe.»

Aurélie zeigte der älteren Dame ein Foto von Geneviève. Das Mädchen hatte blonde Haare, die zu einem Pferdeschwanz zusammengebunden waren. Auffallend waren seine wunderschönen blauen Augen. Die Frau fand, dass Geneviève eine hübsche junge Dame war und sprach den Gedanken auch laut aus, woraufhin Aurélie erwiderte, dass das Mädchen selbst nie dazu in der Lage war, sich auf diese Art und Weise zu sehen.

«Stets war Geneviève davon überzeugt, nicht attraktiv genug zu sein. Wenn man ihr auch immer wieder sagte, dass sie toll aussehen würde, sie konnte es einfach nicht glauben. Eigentlich schade, dass ihre Minderwertigkeitskomplexe derart stark ausgeprägt waren, sodass ihr ein normales Leben verwehrt bleiben sollte. Selbst die Therapie konnte nichts an ihrer Meinung sich selbst gegenüber ändern. Sie hatte einen richtigen Dickschädel, der es ihr zwar auf der einen Seite ermöglichte, so lange und so professionell ihrer Tätigkeit nachzugehen, der es ihr auf der anderen Seite aber nicht erlaubte, eine alternative Sichtweise zu erlangen.»

«Ja, so war meine Freundin», sagte Aurélie, «sehr ehrgeizig, stur und schon immer anders als alle anderen, einfach einzigartig.»

Die junge Frau ergänzte: «Geneviève erzählte mir einmal von einem Faschingsfest, das stattfand, als sie noch ganz klein war. Alle Kinder gingen maskiert im Kreis umher, nur sie blieb am Rande stehen. Als die Mutter eines anderen Mädchens sie damit konfrontierte, doch auch mitzumachen, entgegnete sie nur, dass ihr das *zu blöd* sei. Das hört sich zwar lustig an, doch gibt dieses Verhalten schon Aufschluss über ihre andere Art, von der sie ihr ganzes Leben lang eingenommen sein sollte.»

«Es heißt ja nicht, dass es schlecht ist, anders zu sein», bekräftigte Magali. «Eigentlich könnten Leute, die anders sind, stolz sein, anstatt sich zu verurteilen, denn man ist schließlich etwas ganz Besonderes und nicht so gewöhnlich wie die breite Masse. Fakt ist jedoch, dass Andersartigkeit in unserer Gesellschaft nicht gerne gesehen wird. Jeder soll so gut es geht der Norm entsprechen.»

«Ich bin ja auch anders», sagte Aurélie. «Im Vergleich zu den Heimkindern, die ich in meiner Zeit dort kennenlernte, war ich immer viel ruhiger und besonnener. Bei den Kindern musste stets alles in Bewegung sein, sie konnten nicht einfach auf ihrem Platz sitzen bleiben und nichts tun, was für mich schwer zu verstehen war. Somit war auch ich keineswegs dazu fähig, mich in die Gemeinschaft einzugliedern. Mich interessierte ihr kindliches Verhalten nicht. Oft bemerkte ich, wie sie mich ansahen und dann zu lachen anfingen. Ich tat so, als würde ich es nicht bemerken, aber im Grunde genommen verletzte mich das zutiefst. Von einer ähnlichen Situation berichtete mir meine Freundin. Sie erzählte mir beispielsweise einmal davon, dass sie in der ersten Klasse Gymnasium im Bus saß, der sie nach Hause bringen sollte und ohne sich etwas dabei zu denken, zu einem um ein Jahr älteren Jungen hinsah, woraufhin dieser sie fragte, *wieso sie so blöd schaue*. Ich finde es schrecklich, dass Menschen derart ungehobelt sind und so unbedachte Äußerungen vorbringen beziehungsweise sich so entsetzlich dumm verhalten. Das ist total unangebracht, aber wahrscheinlich sind diese Leute einfach mit weniger Intelligenz gesegnet und anstatt sie zu verurteilen, sollte man sie eigentlich bemitleiden, weil sie so wenig

Einfühlungsvermögen besitzen. Dieses Auftreten grenzt für mich schon an Dummheit, weil man so etwas einfach nicht macht. Das trifft dann nämlich besonders sensible Personen, die solche Sätze ein Leben lang nicht vergessen und sich in Zukunft genau überlegen werden, ob sie einem Menschen in die Augen schauen oder nicht, denn unbewusst fürchtet man sich vielleicht davor, neuerlich mit einer derartigen Situation konfrontiert zu werden. Häufen sich solche Erlebnisse, so kann es meiner Meinung nach durchaus vorkommen, dass man von einem vielleicht unbeschwerten Kind zu einem ängstlichen wird. Natürlich wird das nicht sofort passieren, aber diese oder ähnliche Momente können unser Verhalten prägen, sodass wir in der Zukunft dementsprechend reagieren werden. Man wird nicht mehr offen auf Menschen zugehen, sondern durchaus mit Bedacht.»

Magali sagte: «Wenn man sensibel ist, dann nimmt man zum Beispiel auch Stimmungen anderer schneller und intensiver wahr. Wenn man noch dazu wenig Selbstliebe besitzt, fühlt man sich zudem rasch angegriffen. Leider sind nicht alle Menschen derart feinfühlig – wären sie es, würden sie vielleicht mehr Rücksicht nehmen und die Welt wäre eine andere. Am besten wäre es sowieso, wenn man die Kommentare anderer nicht so ernst nehmen und sich von diesen nicht beeinflussen lassen würde, denn das könnte das eigene innere Gleichgewicht ansonsten in eine negative Richtung bewegen und das sollte unbedingt so gut es geht verhindert werden.»

Aurélie erzählte der älteren Dame davon, dass Geneviève, wenn Arbeit vorhanden war, nicht so viel Zeit zum Nachdenken hatte. Gab es aber wieder ruhigere Tage, was auch hin und wieder vorkommen konnte, so begann sie erneut damit, ihr ganzes Leben in Frage zu stellen.

«Geneviève wurde im Laufe der Zeit durch die Therapie aber immer offener», sagte Aurélie, «das merkte man schon.» «Sie sprach auch öfter über ihre Gedanken, die sie so sehr quälten. Manches, was sie früher vielleicht nicht getan hätte, wagte sie jetzt, aber trotz allem blieb sie zurückhaltend und ruhig, was zwar generell nicht schlecht ist, aber natürlich wiederum eine gewisse Angriffsfläche für andere bietet. Manche Leute lädt so ein Auftreten eventuell dazu ein, solche Personen in den Hintergrund zu drängen oder sie sogar zu beleidigen. Geneviève sagte ja oft, sie selbst achte bewusst darauf, mit ihrem Verhalten niemanden zu verletzen. Man ist dann aber im Grunde genommen mehr auf das Wohl anderer bedacht als auf das eigene, was keineswegs erstrebenswert ist, denn so ganz sollte man das persönliche Befinden auch nicht außer Acht lassen. Ich mache eigentlich denselben Fehler, denn für mich ist es ebenso essentiell, was andere über mich denken. Wie es jedoch mir selber dabei geht, daran denke ich zu selten. Mir fehlt die Freude am Leben und vielleicht nehme ich mich auch deshalb nicht so wichtig.»

Magali sagte zu Aurélie: «Wir sollten stets darauf achten, uns so zu akzeptieren wie wir sind, denn sich für andere zu verbiegen, das bringt auf die Dauer nur Unglück und erfüllt uns lediglich mit Unzufriedenheit.»

Die ältere Dame begann jetzt ein wenig zu frieren, weshalb sie es vorzog, nun den Rückweg anzutreten. Aurélie und Magali trennten sich sogleich, aber verabsäumten es nicht, sich vorher auf ein erneutes Treffen zu einigen. Das war für die zwei nun schon zur Routine geworden, eine Routine, die beide nicht mehr missen mochten. Dieses Mal genoss Aurélie es, den Weg nach Hause zurückzulegen. Die Vögel waren lustig und sangen wunderschöne Lieder. In der Ferne war neben den Bergen sogar ein Regenbogen zu sehen. Heute hatte man einen richtig guten Ausblick. Außerdem lachte die Sonne übermütig vom Himmel.

Kapitel 7

Eine Woche später machten sich die beiden Frauen wieder auf den Weg zu ihrem Lieblingsplatz. Magali war jedoch ein wenig verkühlt. Sie musste ununterbrochen niesen, darüber hinaus klagte sie über Halsschmerzen. Trotz allem aber wollte sie wissen, wie die Geschichte weitergehen würde.

Aurélie begann abermals zu erzählen.

«Wir entwickelten ein Ritual. Jedes Mal vor unserer Sitzung tranken wir gemeinsam einen Becher Kaffee. In dem Gebäude existierte nämlich ein Kaffeeautomat und wir verabsäumten es kein einziges Mal, diesen zu benützen. Die Therapie selbst tat uns beiden gut. Mit den anderen Klienten verstanden wir uns auch, wobei wir ebenso gerne Zeit zu zweit verbrachten, vor allem

Geneviève, die es ja liebte, wenn nur sie und eine andere Person, die sie gerne mochte, anwesend waren. War die Therapiestunde vorüber, so freuten wir uns jedes Mal schon auf das nächste Zusammentreffen. Meine Freundin mochte zum Beispiel keine Kinder, da ihr diese zu laut und oft auch zu ungezogen waren. Vor allem aber wusste sie mit ihnen nichts anzufangen. So war es ihr am liebsten, wenn sie ausschließlich von Erwachsenen umgeben war. Kinder bedeuten Leben und leben, genau das war es, was Geneviève nicht wollte. Es war für sie äußerst unangenehm, wenn Arbeitskolleginnen, die sich in Karenz befanden, kamen, um den anderen stolz ihre Kleinen zu präsentieren. Sie konnte es nicht verstehen, was jemandem an so einem Geschöpf gefallen konnte, hatte man doch überwiegend Arbeit damit. Diese kleinen Wesen sabberten, man musste ihre Windeln wechseln, die furchtbar stinken konnten und außerdem hatte man sich ständig um sie zu kümmern. In der Nacht schrien sie, man konnte keinen Schlaf finden, musste aufstehen, um sie zu beruhigen. Später war man dann unweigerlich mit anderen Eltern konfrontiert, musste mit ihnen ins Gespräch kommen, ob man wollte oder nicht. Schließlich kam man unweigerlich mit ihnen in Berührung, wenn man die Kleinen zu Geburtstagsfesten, in den Kindergarten oder in die Schule bringen musste. Kinder waren außerdem oft krank und somit würden auch Arztbesuche nicht ausbleiben. All das konnte man sich ersparen, fand Geneviève - und ich übrigens auch. Die Mutter meiner Freundin war von Kindern auch nicht wirklich begeistert. War sie dazu gezwungen, kurzzeitig auf ein Kleinkind aufzupassen, so tat sie das nur mit Widerwillen. Eigentlich wollte sie selbst kein Kind bekommen. Um aber später nicht alleine dazustehen, ließ sie sich schließlich darauf ein. Als ihre Tochter noch ganz klein war, war sie sehr unglücklich und weinte oft, weil sie es im Grunde genommen bevorzugt hätte, weiterhin ihrer beruflichen Tätigkeit nachzugehen. Nur ungern blieb sie zu Hause bei dem stets schreienden Mädchen. Später jedoch war die Tochter zu ihrer besten Freundin geworden. In früheren Zeiten musste die Mutter die Kleine außerdem oft zum Vater schicken, wenn diese getragen werden wollte, da sie selber einen Leistenbruch hatte. Geneviève konnte damals den Grund der Verweigerung vielleicht nicht nachvollziehen. Vor allem ihr «Mausi», ein rosa Stofftier, war ihr sehr wichtig. Wurde das Tier aber von der Mutter gewaschen und befestigte diese es anschließend zum Trocknen auf der im Garten befindlichen Wäschespinne, so wurde es von drinnen traurig und sehnsuchtsvoll betrachtet, um es anschließend wieder freudig entgegennehmen zu können. Nach unserer Therapie gingen Geneviève und ich oft noch spazieren. Einmal zeigte sie mir auch diesen, ihren Lieblingsstein. Das Gesprächsthema, das bei meiner Freundin höchste Priorität besaß, war die Arbeit, verbrachte sie doch den Großteil ihrer Zeit dort. Immer gab es etwas zu berichten, jedoch nur in den seltensten Fällen etwas Positives. Bei mir war das vorherrschende Thema meine Zeit im Heim. Wir hatten schließlich beide keine angenehme Vergangenheit vorzuweisen und waren somit gleichermaßen geprägt von Ängsten und Depressionen. Ich war froh, dass ich so eine gute Gefährtin gefunden hatte, war mir aber dessen durchaus bewusst, dass eine Freundschaft auch jederzeit in die Brüche gehen konnte. Ich hoffte, dass ich Geneviève nie verlieren würde, war sie mir doch in den in der Therapie und in der Freizeit gemeinsam verbrachten Stunden so sehr ans Herz gewachsen. Mein Wunsch sollte aber leider nicht in Erfüllung gehen. Ich werde es nie vergessen. Es war Winter, genauer gesagt Dezember, ziemlich kurz vor Weihnachten. Ich machte einen Spaziergang durch den Wald, weil die Luft so herrlich frisch war und ich aufgrund meiner Erkrankung viel Zeit draußen verbringen sollte. Plötzlich läutete mein Mobiltelefon. Ich rechnete nicht mit einem Anruf, da ich nur sehr wenige Kontakte unterhielt. Als ich schließlich die Stimme der Anruferin vernahm, ahnte ich schon, dass etwas Schreckliches passiert sein musste. Es war die Mutter von Geneviève, die mich anrief. Ich konnte sie kaum verstehen. Sie schluchzte laut und teilte mir mit zittriger Stimme mit, dass meine Freundin gestorben war. Sie hatte es trotz aller Anstrengung nicht geschafft. Die Depression und die Ängste waren schlussendlich stärker als Geneviève. Durch einen Sprung in die Tiefe, der ihr dieses Mal gelungen war, hatte sie sich das Leben genommen. Als ich das hörte, ließ ich mich zu Boden sinken. Es war für mich das Schrecklichste überhaupt. Sie war meine einzige Freundin und nun hatte ich sie verloren. Das Leben war einfach nur ungerecht. Geneviève war so ein herzensguter Mensch, aber leider zu labil für diese Welt, in der man sich durchsetzen musste, um zu überleben. Ich kann es bis heute nicht verkraften, dass sie nicht mehr bei mir ist. Stets habe ich ihr Foto in meiner Geldtasche dabei. Lange kann ich es aber nie betrachten, denn ansonsten kommen mir die Tränen und ich versinke in unendlicher Traurigkeit. Sie war für mich die wichtigste Person auf der Welt und niemand wird sie je ersetzen können. Ich hatte ja praktisch keine Eltern und die Zeit im

Heim war einfach nur erbärmlich für mich. Wie froh war ich, als ich in die erste Therapiestunde kam und dieses zierliche Mädchen, das genauso ängstlich zu sein schien wie ich selbst, erblickte. Ich wusste sofort, dass wir uns gut verstehen würden. Geneviève stand ganz alleine in der Mitte des Raumes und wirkte sehr eingeschüchtert und verloren. Ich merkte, dass auch ich ihr sympathisch sein musste, denn sie lächelte mich augenblicklich an. Seit diesem Tag waren wir unzertrennlich. In jeder Stunde saßen wir nebeneinander. Es schien so, als könne uns nichts je trennen, doch dann sollte alles anders kommen. Ein einziges Mal noch nahm ich nach dem Tod meiner Freundin an der Gruppentherapie teil. Es war für mich selbstverständlich, dass ich alleine die Therapie nicht mehr fortführen würde. Ich hätte es nicht ertragen können, hätte eine andere Person auf dem Stuhl Platz genommen, auf welchem doch eigentlich Geneviève sitzen sollte. Ich musste gehen – ich hielt es in diesem Raum, der doch so viele Erinnerungen barg, nicht mehr aus. Meine Freundin hinterließ einen Abschiedsbrief, in welchem sie uns mitteilte, dass wir nicht traurig sein sollen, denn sie könne nun endlich all ihre Sorgen, Ängste und Probleme hinter sich lassen und wäre befreit von dieser Welt, in die sie doch nie zu passen schien, der sie sich nie zugehörig fühlte. Immer, wenn ich an sie denke, dann wünsche ich mir, dass es ihr dort, wo sie jetzt ist, gut gehen möge. Das ist mein allergrößter Wunsch.»

Aurélie hatte Tränen in den Augen. Man merkte, dass sie diese Geschichte immer noch sehr belastete. Sie holte erneut das Foto von Geneviève aus ihrer Geldbörse und betrachtete es lange, bis sie es schließlich wieder in ihrer Tasche verstaute und Magali traurig anblickte. Für die ältere Dame war es nicht leicht, die junge Frau leiden zu sehen. Sie wusste, wie es ist, eine Person zu verlieren, die einem so wichtig ist, dass es einem schier das Herz bricht, wenn sie aus unserem Leben scheidet.

Nachdem Magali Aurélie Trost zugesprochen hatte, verabschiedeten sich die beiden voneinander.

Kapitel 8

Das nächste Treffen fand an einem Sonntag statt. Es war ein bisschen kühl und auch windig. Die Sonne ließ sich heute leider nicht blicken. Aurélie war erneut ausgesprochen niedergeschlagen. Die letzte Zusammenkunft hatte sie doch innerlich ziemlich aufgewühlt. Nachdem Magali und sie aber eine Weile die angenehme Ruhe, die hier stets vorherrsche, genossen hatten, sagte Aurélie in die Stille hinein: «Ja, der Verlust von Geneviève machte mich schließlich so traurig, dass sich daraufhin meine Depression wieder verschlechterte. Zu dieser Zeit aß ich fast nichts und lag an den Wochenenden nur im Bett. Ich konnte schlecht schlafen und war nach dem Aufwachen nicht erholt, sondern müde und kraftlos. Erst nach einigen Monaten verbesserte sich meine Stimmung schließlich wieder ein wenig. Ich hatte in meinem bisherigen Leben nur zwei Freundinnen, nämlich

Geneviève und Élodie.»

Magali sagte, dass Aurélie Élodie noch nie erwähnt habe. Die junge Frau erwiderte, dass die Freundschaft mit dieser Dame schon länger zurückliege. «Eigentlich, wenn ich ehrlich bin, dann weiß ich nicht sicher, ob ich sie wirklich als Freundin bezeichnen kann», erklärte Aurélie. Magali war daraufhin ein wenig irritiert und wollte nun erst recht mehr darüber erfahren.

«Nach der schrecklichen Zeit meiner Kindheit und Jugend, die ich gezwungen war, im Heim zu verbringen, zog ich in eine kleine Wohnung, in der ich übrigens auch heute noch lebe», sagte Aurélie. «Ich war damals unendlich froh darüber, diese abscheuliche Unterkunft mit den vielen Kindern für immer verlassen zu können. Es stellte für mich geradezu eine Genugtuung dar, all die Personen, mit denen ich mich nie anfreunden konnte, endlich für immer hinter mir zu lassen. Ich fühlte mich fast ein wenig befreit, obwohl ich wusste, dass ich niemals wirklich frei sein würde, da mich die Erinnerungen, die ich mit dieser Lebensphase in Verbindung bringe, für immer verfolgen werden. Mit eisernem Willen begann ich schließlich nach einer für mich geeigneten Arbeit Ausschau zu halten. Nach langer Suche fand ich endlich eine Stelle in einem Büro, das sich mit Medienarbeit befasste. Ich liebte das Schreiben und anfangs gefiel es mir dort sehr gut. Nach einiger Zeit aber änderte sich so manches, weshalb sich meine anfängliche Begeisterung für diese Art der Tätigkeit rasch wieder verflüchtigen sollte. Meine Kolleginnen waren eigentlich ganz nett, aber mit keiner einzigen von ihnen konnte ich mir vorstellen, irgendeine Art von Freundschaft aufzubauen. Am Morgen begrüßten wir uns, dann begann jeder damit, die für den jeweiligen Tag geplanten Aufträge abzuarbeiten. Die anderen lachten viel, redeten andauernd und schienen Spaß zu haben. Ich konnte es nicht nachvollziehen, wie es möglich war, derart viel zu sprechen. Für manche Menschen scheint es wohl unerlässlich zu sein, ständig ihren Mund in Bewegung zu wissen. Ich hingegen träume mich immer wieder in die Vorstellung hinein, dass ich mich irgendwo in einer stillen Umgebung wie zum Beispiel in einem abgelegenen, ruhigen Chalet in den Alpen befinde. Da ich ein zurückhaltendes Wesen besitze, bevorzuge ich es, wenn ich meine Arbeit ohne jegliche Nebengeräusche hinter mich bringen kann. Leider war das in diesem Betrieb nicht wirklich möglich. Ich arbeitete verbissen und hochkonzentriert, während die Damen, die sich mit mir ein Büro teilten, immerzu laut waren und mich somit störten. Da ich keinerlei Interesse an ihren

Unterhaltungen zeigte, befand ich mich auch hier ganz schnell im Abseits, sozusagen in der mir bereits vertrauten Außenseiterrolle. Weder besuchte ich mit ihnen nach der Arbeit Veranstaltungen noch begleitete ich sie in diverse Lokale oder dergleichen. Ich konnte mich dafür einfach nicht begeistern. Weihnachtsfeiern und berufliche Zusammenkünfte jeglicher Art versuchte ich stets in irgendeiner Weise zu umgehen. Ich war nicht dazu fähig, mich in geselliger Runde zu befinden, da mir das sehr unangenehm gewesen wäre. Es war immer noch so, dass ich es vorzog, alleine zu sein. An den Wochenenden saß ich zu Hause und beschäftigte mich mit literarischen Werken. Ich zog jedes Buch der Gesellschaft von Menschen vor. Nie traf ich jemanden, der ähnliche Ansichten hatte wie ich, bis schließlich Élodie in mein Leben trat. Eine Kollegin, die ich nicht besonders leiden konnte, war pensioniert worden, woraufhin eine Stelle frei geworden war. Tagelang diskutierten meine Kolleginnen bereits darüber, wie die Neue wohl sein würde. Ich konnte ihr Geschwafel schon lange nicht mehr hören. Am liebsten wäre ich nach Hause gegangen, hätte mich ins Bett gelegt und mir einfach die Decke über den Kopf gezogen. Endlich kam der Tag, an dem uns die neue Kollegin schließlich vorgestellt wurde. Sie hieß Élodie, war fünfzig

Jahre alt, sah aber viel jünger aus. Mir fiel sofort auf, dass sie unglaublich schlank und auch sehr hübsch war. Außerdem war sie groß, hatte rötliche lange Haare und unendlich viele Sommersprossen. Als sie uns vor allen Mitarbeitern präsentiert wurde, merkte ich sogleich, dass sie sich nicht wohlzufühlen schien. Wahrscheinlich stand sie nicht gerne im Mittelpunkt. Das gefiel mir, denn ich hasste es, wenn sich jemand in den Vordergrund drängte. Ihr angenehmes Wesen sagte mir sehr zu. Es hieß, dass sie in dem neben uns gelegenen Büro ihren Platz bekommen sollte. In der Hierarchie - die über allem stand - befand sie sich eine Stufe über mir, was bedeutete, dass ich in Zukunft hin und wieder Arbeitsaufträge von ihr zugeteilt bekommen würde. Anfangs hatte ich noch nicht viel mit Élodie zu tun, denn sie musste sich natürlich erst mit allem vertraut machen, sich sozusagen in die neue Materie einarbeiten. Nach einigen Monaten aber kam sie in unser Büro, das wir uns zu viert teilten. Sie wirkte etwas schüchtern, steuerte aber direkt auf mich zu. Schließlich blieb sie neben mir stehen, lächelte mich an und teilte mir mit, dass sie mir nun einen Brief diktieren würde. Mir gefiel das, denn wie ich vorhin schon erwähnte, liebte ich das Schreiben, das ich schnell und ohne dabei Fehler zu machen, beherrschte. Ihr schien das sehr zu imponieren, denn in nächster Zeit kam es immer öfter vor, dass sie mich aufsuchte, um mit mir gemeinsam einen Arbeitsauftrag zu erledigen. Die anderen hatten damit kein Problem. Sie waren eher froh, wenn ihnen gewisse Tätigkeiten erspart blieben. Der erste Eindruck, den ich von der neuen Kollegin erworben hatte, schien mich nicht getäuscht zu haben, denn sie erwies sich als durchwegs freundliche und hilfsbereite Person und ich konnte gut mit ihr kommunizieren. Ich merkte, dass sich meine Laune, seitdem Élodie bei uns tätig war, im Vergleich zu früher ein bisschen gebessert hatte, denn erledigte ich vorher meine Arbeit stets alleine und verbissen, so war die Zusammenarbeit mit ihr durchwegs von Spaß und guter Laune geprägt. Mir war das Verhalten der anderen Kolleginnen mir gegenüber nun nicht mehr so wichtig, denn ich wusste, dass nebenan Élodie war. Dieser Umstand beruhigte mich irgendwie und machte mich zugleich auch fröhlicher und ausgeglichener. Fand ich den Arbeitsalltag vormals eintönig und langweilig, so ging ich jetzt jeden Tag in der Früh mit einem guten Gefühl aus dem Haus, denn ich freute mich schon darauf, Élodie wieder zu sehen. Sie war zwar um einiges älter als ich, aber das störte mich keineswegs. Die Neue war für mich mit Abstand zu meiner Lieblingskollegin avanciert. War sie einen Tag nicht anwesend, vermisste ich sie bereits. Mit meiner Tätigkeit selbst konnte ich mich eigentlich schon lange nicht mehr identifizieren, doch unsere Zusammenarbeit erleichterte mir vieles. Nicht alles, was hier in meinen Aufgabenbereich fiel, entsprach auch meinen Talenten. Ich konnte oft nicht zeigen, was wirklich in mir steckte. Élodie - davon war ich aber überzeugt - schätzte sowohl meine Schnelligkeit beim Schreiben als auch meine Intelligenz im Allgemeinen. Man muss dazu sagen, dass ich mich auch sehr bemühte, damit sie zufrieden mit mir war. Neben den beruflichen Angelegenheiten kamen einige Zeit später auch Gespräche über Privates nicht zu kurz. Mir gefielen diese Unterhaltungen immer sehr gut, denn ich liebte es, wenn wir beisammen waren. Die Themen, über die wir sprachen, waren für mich eher sekundär. Ich suchte nie den Kontakt zu anderen, aber Élodie war für mich so wichtig geworden, dass ich nicht wusste, was ich machen sollte, würde ich sie jemals wieder verlieren. Irgendwie stellte sie für mich einen Mutterersatz dar, da ich ja nie eine richtige Mutter hatte. So vergingen die Monate, denn schlussendlich verbrachte ich schon eine gewisse Zeit in diesem Unternehmen. Alles lief wie immer und ich hielt sozusagen nur mithilfe der bloßen Anwesenheit von Élodie durch.»

Magali sagte: «Es ist schön, wenn man eine Freundin findet, mit der man gerne beisammen ist. Das macht das Leben insgesamt ein bisschen lebenswerter. Wichtig ist vor allem, dass man nicht immer ganz alleine ist. Wenn Sie sagen, dass Élodie für Sie wie eine Mutter war, dann muss Sie Ihnen ja wirklich sehr viel bedeutet haben.»

Aurélie ergänzte: «Ja, ich hatte sie unglaublich gern. Sie war sozusagen meine Stütze in jeglicher Hinsicht. Schon zu dieser Zeit befand ich mich aber in psychotherapeutischer Behandlung. Damals handelte es sich jedoch um eine Einzeltherapie. Meine Therapeutin mochte ich sehr gerne und die Gespräche waren gut für meine doch schon so beschädigte Seele. Jedes Mal, wenn die Stunde vorüber war, ging ich frohen Mutes zurück zu meiner Wohnung. Diese positive Stimmung wurde aber meist rasch wieder durch die Konfrontation mit den Problemen des Alltags getrübt. Theorie und Praxis waren eben wirklich nicht so leicht zu vereinen. Befand man sich in der Therapie, fühlte man sich so, als wäre man gleichsam in Watte gepackt. Niemand konnte einem hier etwas anhaben, man hielt sich sozusagen in einer geschützten Atmosphäre auf. Thema war natürlich meine Zeit im Heim, aber auch die Arbeit, die mich einfach nicht mehr loslassen wollte. War ich zu Hause, machte ich mir ständig Sorgen, ob ich alles korrekt ausgeführt hatte. Diverse Arbeitsschritte ging ich immer und immer wieder durch. Ich war nicht dazu imstande, das Gedankenkarussell, das sich in meinem Kopf unaufhörlich drehte, abzuschalten. Oft saß ich stundenlang unbeweglich in meinem Zimmer und all mein Denken kreiste ständig um dieselbe Thematik. Es war einfach unmöglich, damit abzuschließen, denn selbst beim Fernsehen sah ich sozusagen die Arbeit direkt vor mir. Natürlich verfolgten mich die Probleme auch in der Nacht. Am schlimmsten war es, wenn mir ein Fehler einfiel, den ich gemacht hatte, denn dann wollte ich am liebsten auf der Stelle in die Firma, um diesen korrigieren zu können. Ich verurteilte mich dann selbst für diesen lapsus. Mitten in der Nacht stand ich auf und notierte mir das, was mir eingefallen war, was aber nicht dazu führen sollte, dass ich anschließend zur Ruhe gekommen wäre. Es waren meist bloß Lappalien, die mich beschäftigten. Obwohl ich mir dessen durchaus bewusst war, konnte ich die Gedanken dennoch nicht stoppen.»

«Manchen Menschen fällt es eben äußerst schwer, ihren Fokus ausschließlich auf die Freizeit zu richten. Sie beschäftigen sich dann auch zu Hause oft noch mit den Problemen, mit welchen sie in der Arbeit konfrontiert werden. Das ist aber irgendwie auch verständlich, verbringt man doch die meiste Zeit des Alltags im beruflichen Umfeld», erklärte die ältere Dame.

«Ja, das stimmt. Zu Hause ist man nicht sehr oft, wenn man berufstätig ist», sagte Aurélie.

Sie erklärte außerdem: «Obwohl ich meine Therapeutin ja eigentlich mochte und ich natürlich keineswegs in irgendeiner Hinsicht gesund oder besser gesagt geheilt war, beendete ich aber schließlich nach einigen Jahren die Therapie, da sie einen meiner Termine vergessen hatte und ich somit vor verschlossener Türe ausharren musste. Nun wusste ich, dass ich auch ihr nicht wichtig war und wurde infolgedessen von einer großen Enttäuschung erfasst», beteuerte die junge Frau.

Magali fügte hinzu: «Ich bin der Meinung, dass es mitunter schlimme Folgen haben kann, wenn jemand in diesem Fachbereich die Sitzung eines Patienten übersieht. Schließlich gibt es Menschen, deren Selbstwertgefühl sowieso schon angeschlagen ist und die sich dann nach so einem Vorfall erst recht nicht ernst genommen fühlen beziehungsweise schier verzweifeln, nämlich in der Annahme, nicht bedeutsam genug zu sein, um es erforderlich zu machen, sich um sie zu kümmern oder Zeit mit ihnen zu verbringen.»

Aurélie sagte: «In der Arbeit erzählte ich Élodie oft davon, dass ich das alles - inklusive der herrschenden Arbeitsumgebung, dem Arbeitsklima also - einfach nicht mehr ertragen könne, woraufhin sie antwortete, dass *wir* durchhalten müssten. Durch dieses *«wir»*, das sie verwendete, sah ich mich in der Annahme bestätigt, dass wir beide eine besondere Verbindung unterhielten. Anfangs, als wir uns noch nicht so gut kannten, dachte ich, ihre Arbeit gefalle ihr, denn sie hatte stets ein breites Lächeln im Gesicht und erledigte alles rasch und ohne jegliche Probleme. Sie war eine sehr kluge Person. Als sie aber schließlich diese Bemerkung machte, wusste ich, dass diese scheinbare Zufriedenheit, die sie immer zur Schau stellte, im Grunde genommen gar keine war. Im Laufe der Zeit sprachen wir immer öfter über unsere Tätigkeit, an der wir uns nicht erfreuen konnten. Ehrlich gesagt waren wir nicht dazu imstande, uns in diesem Betrieb verwirklichen zu können. Beide konnten wir uns mit unserer Arbeit nicht identifizieren, da vieles einfach nur unzumutbar war und somit blieben wir stets hinter unserer hohen Erwartungshaltung, die wir uns selbst gegenüber hatten, zurück. Außerdem lebten wir mit einer inneren Wut, die wir aber immer irgendwie zurückhalten mussten. Das, was man wirklich denkt, darf man ja in den meisten Fällen nicht aussprechen. Schließlich steht uns oftmals noch ein langer, beschwerlicher Weg bis zur wohlverdienten Pension bevor. Die unangenehmen Tatsachen anzusprechen, das wäre somit unvorteilhaft, denn man würde sich damit sozusagen vor der Zeit ins Abseits manövrieren beziehungsweise würde man sich selbst in gewisser Weise ein Bein stellen.»

Daraufhin sagte Magali: «Ja, bringt man die vernichtende Wahrheit ans Licht, kann es durchaus passieren, dass man sich dadurch im Betrieb Feinde macht.»

Aurélie äußerte nun folgendes: «Bei mir war es so, dass ich mich aufgrund meiner Depression nur schwer konzentrieren konnte. Ich traute mir im Grunde genommen selber sehr wenig zu. Oft wünschte ich mir, dass ich alles mit einer gewissen Leichtigkeit, einfach vieles gelassener betrachten könnte, um so zu mehr Lebensfreude zu gelangen. Es gab ja sehr viele Kolleginnen, die die Tätigkeiten, die sie zu bewältigen hatten, gewissermaßen auf die leichte Schulter nahmen. Leider erfüllten sich meine Vorstellungen und Wünsche in der Realität nicht. Ich litt sehr unter der Situation, in der ich mich befand, versuchte aber dennoch, alles schnell, richtig und vor allem möglichst perfekt zu erledigen. Diese

Perfektion war es aber auch, die mir das Leben so erschwerte. Ich fürchtete mich vor den Reaktionen der anderen, wenn ich meine Arbeit mit weniger Genauigkeit, dafür aber mit mehr Gelassenheit ausgeführt hätte, weil es dabei unweigerlich zu Fehlern gekommen wäre, die ich unbedingt zu vermeiden versuchte. Mit aller mir zur Verfügung stehenden Kraft wollte ich mir die eventuell dann aufkommenden bissigen Kommentare der Kolleginnen ersparen. Wenn ich perfekt wäre, könnte mir niemand etwas vorwerfen beziehungsweise wäre dann keiner dazu in der Lage, irgendetwas an meiner Arbeitsweise zu bemängeln. Ich konnte nämlich sehr schlecht mit Kritik umgehen und es kam durchaus vor - sollte doch einmal jemand etwas auszusetzen haben -, dass ich sogleich in Tränen ausbrach, weil mich alles so unglaublich verletzen konnte. In Élodies Gesellschaft hingegen fühlte ich mich irgendwie beschützt, obwohl sie selbst innerlich eigentlich ebenso unsicher und gehemmt war, wie es auch bei mir der Fall war. In ihr sah ich so etwas wie eine Verbündete, da auch sie ein Mensch war, der überwiegend von einer negativen Sichtweise eingenommen war. Befanden sich Personen in meiner Umgebung, die andauernd lachten, so war das für mich sehr störend. Ich selbst wusste nicht, weshalb ich Scherze machen, weshalb ich glücklich sein sollte, war ich doch mit meinem Leben überhaupt nicht zufrieden. Während ich aber oftmals bereits wegen Kleinigkeiten die Tränen nicht zurückhalten konnte, weil mich im Grunde genommen meine gesamte Lebenssituation, mit der ich zurechtkommen musste, so dermaßen belastete, erschien es mir so, als wäre Élodie vieles bloß gleichgültig. Manchmal wirkte sie geradezu apathisch. Da ich eine sehr feine Wahrnehmung besitze, was die Stimmungen anderer betrifft, merkte ich nach einiger Zeit des besseren Kennenlernens, dass meine Freundin, obwohl sie andauernd lächelte, innerlich nicht glücklich zu sein schien. Immer öfter kam es vor, dass sie sich über die Kolleginnen beklagte. Sie waren ihr zu langsam, zu wenig produktiv, nicht intelligent genug, alles in allem einfach nur ungeeignet für ihren Beruf. Sprachen wir beide miteinander, wirkte alles unglaublich vertraut und ich empfand solche Momente der Zweisamkeit, obwohl ich nervlich so angeschlagen war, einfach nur als angenehm und wohltuend. Wir schienen uns blind zu verstehen. Zum ersten Mal in meinem Leben fühlte ich mich also von jemandem verstanden, von jemandem angenommen. Es war für mich unendlich schön und es erfüllte mich mit unermesslicher Freude, wenn ich sah, dass sie den Raum betrat und auf mich zukam. Ich wusste dann, dass ich jetzt ein wenig Zeit mit ihr verbringen konnte, was meine Seele von einigem Kummer zu befreien schien. Als ich noch meine Therapie absolvierte, sprach ich oft über Élodie. Ich liebte es geradezu, wenn ich etwas über sie erzählen konnte. Dabei musste ich immer unglaublich gestrahlt haben, denn ich selbst spürte jedes Mal, wie diese Glückseligkeit von mir Besitz ergriff. Das war ein sehr angenehmes Gefühl. Ich steigerte mich immer mehr in die Freundschaft mit dieser älteren Kollegin hinein und dachte, wenn ich zu Hause war, oft an sie, eigentlich andauernd. In die Arbeit ging ich im Grunde genommen nur, um sie zu sehen. Die Tätigkeit an sich missfiel mir, war mir nicht wichtig, obwohl auch ich mir das nicht anmerken ließ und stets mein Bestes gab. Élodie arbeitete immer sehr lange und so kam es schließlich dazu, dass wir hin und wieder auch nach der regulären Arbeitszeit noch beisammensaßen und gemeinsam Berichte schrieben. Besser gesagt, sie diktierte und ich schrieb. Mich interessierte es aber kein bisschen, welchen Inhalt ich auf den Bildschirm übertrug, vielmehr gefiel mir ihre bloße Anwesenheit. Ihre Person brachte in mein tristes Leben eine gewisse Portion Sonnenschein und davon konnte ich nicht mehr genug bekommen. Ich benötigte immer mehr davon. Sie war wie eine Droge für mich, auf die ich keinesfalls verzichten wollte. Den anderen Kolleginnen, die natürlich merkten, dass wir nach Dienstschluss noch gemeinsam tätig waren, war das relativ egal, denn ihnen war es vor allem wichtig, das Gebäude so schnell wie möglich verlassen zu können. Zu unangebrachten Bemerkungen kam es sehr wohl, doch beide ließen wir uns dadurch nicht aus der Ruhe bringen und so setzten wir unsere Tätigkeit, nachdem die anderen Dienstnehmer nach Hause gegangen waren, weiterhin ungehindert fort. Da wir früher in der Therapie über alles so offen gesprochen hatten und ich von all meinen Sorgen und Alltagsproblemen berichten konnte, übertrug ich diese Haltung auch immer öfter auf das reguläre Leben. Somit erzählte ich oft von Dingen, die ich früher verschwiegen beziehungsweise aus Angst einfach nicht ausgesprochen hätte. So kam es auch dazu, dass ich eines Tages Élodie gegenüber erwähnte, dass ich sie sehr schätzen und sie vor allem sehr gerne haben würde. Ich teilte ihr mit, dass sie meine beste Freundin sei und dass ich außerdem unendlich froh darüber sei, sie einfach nur in meiner Nähe zu wissen. Sie sagte daraufhin nichts und irgendwie kam es mir so vor, als wäre ihr meine Offenheit ihr gegenüber eher unangenehm. Ich konnte das nicht verstehen, denn würde mir jemand ein derartiges Kompliment machen, würde ich mich sehr darüber freuen. Ich würde mich durchaus geehrt fühlen. Es schien mir jedoch fast so, als wäre sie, nachdem ich diese Worte ausgesprochen hatte, sogar ein wenig zurückgewichen. Sie kam mir beinahe schreckhaft vor. Damals erwähnte ich auch meiner Therapeutin gegenüber, auf welche Art und Weise meine Kollegin reagiert hatte. Élodie war ohnehin zu unserem vorrangigen sujet geworden, weil sie mich unendlich beschäftigte. Die Gedanken an sie nahmen mich einfach dermaßen in Beschlag. Meine Therapeutin war begeistert, weil ich endlich eine richtige Freundin gefunden hatte, deren Anwesenheit mich mit Freude erfüllte, doch konnte auch sie sich nicht wirklich erklären, wieso Élodie auf meine Freundschaftsbekundung derartig merkwürdig reagiert hatte, warum sie geschwiegen und nichts Ähnliches gesagt hatte, so wie das schließlich bei mir der Fall gewesen war. Von unserer gemeinsam verbrachten Zeit nach Dienstschluss hatte ich ihr ja immer wieder erzählt und auch sie schien davon ausgegangen zu sein, dass die Freundschaft auf Gegenseitigkeit beruhte.

Wie hätte es auch anders sein können?

Sahen wir uns nämlich zufällig auf dem Korridor des Unternehmens, so schenkten wir uns immer gegenseitig ein kleines Lächeln. Das war wunderschön. Stets grüßten wir uns freundlich und auch bei anderen Gelegenheiten durfte ein nettes Wort nicht fehlen. Ich war davon überzeugt, dass sie mich ebenso mochte und ähnlich empfand wie ich. Natürlich war sie so etwas wie eine Vorgesetzte für mich, da sie ja in der Hierarchie über mir angesiedelt war. Das störte mich aber keineswegs.

Warum sollte ich damit ein Problem haben?

Im Gegenteil, ich war davon begeistert, dass sie von mir eine gute Meinung zu haben schien und glaubte durch ihr Auftreten, also aufgrund ihres Lächelns und ihrer freundlichen Gesten im Allgemeinen, zu erkennen, dass auch sie mich nicht verlieren wollte. Wenn ich jemanden letztendlich ins Herz geschlossen hatte – was bei mir lange dauern konnte -, dann war diese Person für mich extrem wichtig. Dementsprechend wollte ich natürlich so viel Zeit wie möglich in der Gegenwart von Élodie verbringen.»

«Das ist verständlich», sagte Magali. «Wenn wir

jemanden wirklich mögen, möchten wir diesen Menschen immer an unserer Seite beziehungsweise in unserer Nähe wissen. Diese Person wollen wir dann am besten nie wieder verlieren, weil sie für uns eine so große Bedeutung hat.»

Aurélie fügte hinzu: «Eines Tages, beim Verfassen einer Korrespondenz, sprachen wir über sehr private Angelegenheiten. Sie erzählte mir von ihrer Kindheit. Aufgewachsen war sie in ärmlichen Verhältnissen. Sie hatte drei Schwestern, die allesamt jünger waren als sie. Während sich die drei sehr gut miteinander verstanden, stand sie immer im Abseits. Sie war die Älteste und hatte diverse Pflichten zu erfüllen, von deren Ausführung die anderen vorerst verschont bleiben sollten. Da die Eltern von Élodie bereits ein höheres Alter aufwiesen als jene von anderen Kindern, waren für sie verschiedene Arbeiten nicht mehr so leicht zu bewältigen. Élodie musste daher oft mithelfen. Die Eltern arbeiteten beide ganztags in einer großen Fabrik. Während die wenigen Kameradinnen des Mädchens gemeinsam Zeit verbrachten und ihre Kindheit unbeschwert ausleben konnten, war Élodie dazu verpflichtet, sozusagen frühzeitig eine junge Erwachsene zu werden und sich auch dementsprechend zu verhalten. In diesem Sinne wurde sie eigentlich um einen Großteil ihrer Kindheit und Jugend gleichsam betrogen. Ihr Tagesablauf war streng geregelt. Abweichungen von der Routine wurden von den Eltern nur äußerst ungern gesehen. In der Früh hieß es zeitig aufstehen, denn schließlich musste das Frühstück für die jüngeren Geschwister zubereitet werden. Nach der Schule hatte sie das Mittagessen, welches natürlich nur spärlich ausfiel, vorzubereiten, denn die Mutter hatte schließlich anderes zu tun. Für Élodie war der Vorgang des Essens sowieso nicht mit Genuss verbunden, sondern lediglich mit einer Notwendigkeit. Oft war sie nämlich dazu gezwungen, sich Speisen einzuverleiben, die bei ihr eher Ekel hervorriefen, als dass ihr diese geschmeckt hätten. Nach dem Mittagessen musste die Küchenarbeit abgeschlossen werden und dann hatte sie sich um die restlichen in einem Haushalt anfallenden Tätigkeiten zu kümmern. Verhielt sich Élodie nicht angemessen, zog sie also die kindlichen Freuden der Arbeit vor, konnte der Vater sehr wütend werden und nicht selten kam es vor, dass er die älteste Tochter bestrafte, wenn auch nur mit sehr barschen Worten. Das Mädchen war unendlich traurig, weil es so gerne bei seinen Freundinnen gewesen wäre, doch es konnte sich den Eltern gegenüber nicht zur Wehr setzen. Die Mutter war eine sehr gehemmte, schwache Person, die es nicht wagte, sich den Ansichten ihres Gatten zu widersetzen. Sie legte sogar immer noch ein Schäufelchen nach, wenn es um die Bestrafung der Tochter aufgrund einer nicht absolvierten Tätigkeit ging. Wahrscheinlich tat sie dies, um ihrem Mann zu imponieren. Élodie und ihre Geschwister schienen den Ehegatten einfach nur gleichgültig zu sein. Sie achteten nicht auf deren Gefühle und kümmerten sich nicht um sie. Kamen die drei jüngeren Kinder ebenfalls in ein entsprechendes Alter, um diverse Arbeiten übernehmen zu können, blieben auch sie davon nicht verschont. Élodie sprach oft davon, dass sie alle lediglich Arbeitskräfte für die Eltern waren und nie mit Liebe und Respekt behandelt wurden.»

Magali erklärte: «Während Geneviève überbehütet aufwuchs, mangelte es Élodie an elterlicher Fürsorge. Die jeweilige Erziehungsmethode nimmt also intensiven Einfluss auf die weitere Entwicklung der Persönlichkeit des Kindes. Infolgedessen entstehen Verhaltensweisen, die uns unser ganzes Leben lang begleiten werden.»

Die junge Frau ergänzte: «Die Erziehungsberechtigten von Élodie waren emotional unnahbar, einfach nicht erreichbar. Sie selbst trug derartige Begebenheiten trocken und - wie es von außen zumindest den Anschein hatte - gefühllos vor, fast so, als würde sie nicht ihre eigene

Geschichte wiedergeben, sondern die einer ganz anderen Person. Erzählte sie mir von solchen Angelegenheiten, so war ich tagelang, nein, wochenlang, wenn nicht sogar monatelang mit diesen Gedanken beschäftigt. Ich begann damit, mir große Sorgen um Élodie zu machen. Unbedingt wollte ich, dass es ihr gut ging, wenigstens jetzt, weil sie doch früher keine schöne Kindheit und Jugend erleben konnte. Sie sollte begreifen, dass es durchaus Menschen gab, die sie schätzten. Alles, all die Komplimente, die ich ihr machte, waren stets ehrlich gemeint. Ich mochte sie ja wirklich sehr, sehr gerne. Als sie sagte, dass ihre Eltern sie nie in der Form akzeptierten konnten wie sie war, dass sie sie nie umarmten, ihr nie zeigten, dass sie sie gerne hatten, sie im Gegenteil sogar demütigten, weil sie so dünn, so schwächlich war, brach es mir das Herz. Während ich ihre Worte vernahm, musste ich mich sogar niederknien, weil mir ganz plötzlich so schlecht und schwindelig wurde. Mir war es, als müsste ich mich hier und jetzt auf der Stelle übergeben. Ich musste mich dann auch eine Weile niederlegen. Sie tat mir unendlich leid und am liebsten wollte ich alles, einfach alles, was sie in ihrer Vergangenheit erleben musste, rückgängig machen. Gerne hätte ich sie damals schon gekannt und ihr gezeigt, dass es wahre Freundschaft wirklich gibt, dass es ein schönes Gefühl ist, wenn man sich gut versteht, wenn man den anderen so akzeptiert wie er ist. Leider war das natürlich nicht möglich, aber immer öfter versuchte ich Élodie durch mein Verhalten ihr gegenüber zu zeigen, dass sie etwas ganz Besonderes für mich war.

Sie war keine Strafe für die anderen - Worte, die ihre Eltern ihr gegenüber benutzten –, sondern einfach nur ein wunderbarer Mensch, der leider unter den falschen Verhältnissen aufgewachsen war, um sein wahres Wesen, sein wahres Ich entfalten zu können.»

«Ich kann das nachvollziehen. Wenn uns Menschen ans Herz gewachsen sind, dann sind wir bestrebt, darauf zu achten, dass es ihnen gut geht», sprach die alte Dame.

«Sie erwähnte auch einmal, dass ihre Eltern lieber vier Jungen als vier Mädchen gehabt hätten. Vor dem Einschlafen lag ich oft lange wach, konnte einfach nicht damit aufhören, über Élodie nachzudenken. Aufgrund meines mitfühlenden, depressiven Wesens und weil ich spürte, dass sie eigentlich Hilfe benötigte, wollte ich ihr unbedingt beistehen und sie nicht im Stich lassen, denn dann hätte sich für sie genau jene Situation ergeben, die sie ohnehin stets erwartete, nämlich, dass sie jeder, der sie genauer kennenlernte, ohnehin früher oder später wieder fallen lassen, sich von ihr abwenden würde. Meine

Therapeutin bestärkte mich damals in meinem Vorhaben, denn schließlich - so sagte sie - brauche doch jeder Mensch, da wir alle von Natur aus soziale Wesen seien, wenigstens eine Person, die ihm nahe stehen, ihn so anerkennen würde wie er war. Es entspricht eigentlich ganz und gar nicht meinem Charakter, offen auf andere Menschen zuzugehen. Durch die Therapie änderte sich bei mir aber doch einiges und somit versuchte ich, mich Élodie zu nähern. Ich machte meiner Freundin - so bezeichnete ich sie, weil sie mir so unglaublich wichtig war - immer und immer wieder Komplimente. So sagte ich ihr beispielsweise einmal nach einem Friseurbesuch, dass ihre Frisur, da sie die Haare nun ein wenig kürzer trug, hübsch aussehe, dass sie außerdem sehr intelligent sei und ich sehr froh darüber sei, dass es sie gab. Daraufhin reagierte sie schließlich unglaublich abweisend. Élodie forderte mich sogar auf, zu gehen. Sie wollte, dass ich sozusagen so schnell wie möglich aus ihrem Blickfeld verschwinde. Positive Bemerkungen - die eigene Person betreffend - konnte sie nicht ertragen. Die gut gemeinten Worte wurden von ihr ignoriert, abgeschwächt und sozusagen im Keim erstickt. Vielleicht wäre in gewisser Weise auch ihr Weltbild nicht mehr stimmig gewesen, hätte sie sich auf diese Äußerungen eingelassen. Ich war todtraurig darüber, da ich schließlich nicht beabsichtigt hatte, sie in irgendeiner Form zu verletzen, anscheinend aber genau das bewirkt hatte. Ich wusste nicht mehr, wie ich ihr gegenüber auftreten sollte. Wenn ich ihr etwas sagte, was anderen Personen Freude machte, so löste ich bei ihr damit genau das Gegenteil aus.

Warum?

Darüber dachte ich oft und lange nach. Ich lag im Bett, weinte und konnte nicht mehr damit aufhören. Da ich aber durchaus merkte, dass ich sie zu verletzen schien, ihr aber dennoch helfen, sie einfach nicht aufgeben wollte, fasste ich letztendlich den Entschluss, ihr meine Gedanken schriftlich mitzuteilen. Sie konnte also alleine, ganz ungestört und somit ohne dass ich sie dabei beobachtete, wobei sie vielleicht meine Reaktion auf ihr Verhalten währenddessen gefürchtet hätte, lesen, worüber ich mir Sorgen machte oder was ich ihr ansonsten mitzuteilen hatte. Obwohl es mir persönlich auch in keiner Weise gut ging und ich nicht einmal wusste, wie ich mir sozusagen selber helfen sollte, war mir ihr Wohlbefinden um vieles wichtiger als mein eigenes. Ich hoffte, dass wir beide glücklich werden könnten und das am besten zusammen, als richtig gute Freundinnen. Oft stellte ich mir vor, dass wir zwei - abgeschieden von allen anderen - in einem wunderschönen Haus wohnten, wo wir die dort vorherrschende Ruhe und Ungestörtheit genießen könnten. Niemand wäre dazu imstande, unsere Verbundenheit zu durchbrechen, niemand könnte uns je trennen. Wir wären befreit von allen Ängsten und Problemen und könnten gemeinsam die aufkommenden Schwierigkeiten bewältigen. Es waren aber leider lediglich Träume, die nie in Erfüllung gehen sollten. Élodie strebte zwar auch diese Ruhe, diese Abgeschiedenheit an, jedoch ohne mich.

Ich wusste damals also keine andere Alternative, als ihr in schriftlicher Form mitzuteilen, wie wichtig sie mir war, wie unendlich froh ich darüber war, sie kennengelernt zu haben. Sagte ich ihr das von Angesicht zu Angesicht, war das der Auslöser für sie, so schnell wie möglich die Flucht zu ergreifen. Ich schien damit ihre Angst zu triggern. Mit Emotionen oder besser gesagt mit emotionalen Themen im Allgemeinen konnte sie nicht umgehen. Sie schien dabei großen Schmerz zu empfinden, den sie mit aller Kraft zu unterdrücken, zu verdrängen versuchte. Schon lange hatte sie eine Mauer um sich herum aufgebaut, die unbedingt verhindern sollte, dass ihr jemand zu nahe kam. Mit Nähe hatte sie ein massives Problem. Einen näheren Kontakt zu jemandem zu pflegen, das hielt sie also partout nicht aus. Ihre Ich-Grenzen waren dafür nicht gefestigt genug. Da sie nun mit Sicherheit wusste, dass ich sie gerne hatte, war das ein unwiderlegbarer Grund für sie, mich in Zukunft - so gut es eben ging, denn schließlich arbeiteten wir ja beide im gleichen Unternehmen - zu meiden. Nun war ich also zu einer richtigen Gefahr für sie geworden. Mir machte ihr Auftreten mir gegenüber sehr zu schaffen, denn ich fühlte mich so, als wäre ich ein Virus, dem man unbedingt auszuweichen hatte. Immer dann, wenn es ihr zu eng, zu nahe wurde, trat sie entweder die Flucht an oder sie präsentierte sich abweisend und feindselig. Einmal sagte sie zu einem Kunden, der mir Dokumente anvertrauen wollte: «*Hier würde ich es nicht hinlegen. Sie ist nicht sicher. Sie verliert alles.*» Innerlich schien sie in so einem Moment aggressiv und wütend zu sein. Dies alles spiegelte wahrscheinlich ihren inneren Schmerz wider. Sie musste in ihrer Kindheit unendlich tief verletzt worden sein, sodass sie nun penibel darauf achtete, dass ihr Schutz, ihre Mauer also, intakt blieb.

Warum sollte außerdem genau ich es sein, die es schaffen würde, diese Mauer zum Einsturz zu bringen?

Der Bau war einfach schon zu weit vorangeschritten, als dass sich dieses Ungetüm in irgendeiner Form abtragen hätte lassen. Mir kam es zwar manchmal so vor, als hätte die Mauer ein paar winzige Risse bekommen beziehungsweise, als hätte sie ein wenig zu bröckeln begonnen, aber schlussendlich schritt der Aufbau wieder fort und ich fühlte mich einfach nur machtlos. So wie sie früher verletzt wurde, versuchte sie nun - wenn auch oftmals unbewusst - andere anzugreifen. Freundschaft, Wärme und Zuneigung, das alles verband sie ausschließlich mit negativen Erfahrungen und somit fügte ihr all das, was sich in diese Richtung bewegte, lediglich Kummer zu. Folglich musste sie sich von jeglicher Form der Kameradschaft distanzieren. Diese Distanz gab ihr die nötige Sicherheit zurück. Was sie anstrebte, das war die größtmögliche Unabhängigkeit zu erreichen, um auf keinen Fall fremdbestimmt zu werden. Sie wollte einfach nur frei sein. Grundsätzlich fürchtete sie sich also vor einer Bindung, vor einem Ich-Verlust. Sie war wahrscheinlich davon überzeugt, würde sie sich einer anderen Person hingeben, dass diese die Kontrolle über sie übernehmen und sie selbst sich in ihr verlieren würde. Élodie wollte für niemanden verantwortlich sein. All das, all diese Bedürfnisse und Ängste also, kann man sicherlich mit der fehlenden Mutter-Kind-Interaktion, die vor allem in den frühen Monaten nach der Geburt essentiell wäre, bei ihr aber nicht vorhanden war, in Verbindung bringen. Sie erwähnte mir gegenüber oftmals die Tatsache, dass sie von Beginn an unerwünscht war und nicht geliebt wurde. Die Eltern waren in keiner Weise stolz auf sie. Nie erhielt sie eine positive Resonanz. Das «Urvertrauen» fehlte bei Élodie, weshalb sie auch sehr misstrauisch anderen Menschen gegenüber war. Sie selbst bezeichnete sich als *engstirnig* und *egoistisch*. Alles wollte sie alleine machen. Niemals benötigte sie von anderen Personen Hilfe, wollte keine Unterstützung, ebenso oder vor allem nicht von mir, die ich es doch immer ausschließlich gut mit ihr meinte und stets nur das Beste für sie erreichen wollte. Mein größter Fehler aber war es – <u>ich bereue ihn bis heute, denn diese Worte waren es wahrscheinlich, die alles zerstört haben</u> –, dass ich sie damals fragte, ob wir irgendwann einmal privat gemeinsam etwas unternehmen würden. Das war sowieso ein Ausnahmefall - normalerweise bin nämlich nicht ich es, die auf irgendjemanden zugeht, um ein persönliches Treffen zu erbitten - und nur deshalb möglich, weil ich es wirklich ernst mit ihr meinte und sie mir so viel bedeutete. Sie reagierte auf mein Angebot auf eine sehr schroffe Art und Weise, indem sie drei Mal ganz laut und deutlich die Worte: «*Nein! Nein! Nein!*» von sich gab. Aus meiner immensen Furcht vor Ablehnung, die bei mir stets im Hintergrund lauerte, wurde nun Wirklichkeit. Da ich leicht zu beeinflussen und außerdem in jeglicher Hinsicht – auch meine Person im Allgemeinen betreffend - abhängig von der Meinung anderer bin, war ich daraufhin am Boden zerstört. Sie erläuterte mir überdies, dass ihr das alles überhaupt nichts bedeuten würde. Sie sagte wörtlich: «*Es bedeutet mir null! Es bedeutet mir nichts!*» Das ist mitunter fast das Schlimmste, was man einer Person entgegnen kann. *Bedeutungslos*, ja, dieses Wort wird mir ewig – auch dann noch, wenn ich bereits mit grauen Haaren in meinem Lehnstuhl sitzen werde - in Erinnerung bleiben. Darüber hinaus teilte sie mir mit, dass es ihr komplett egal sei, wer wann in der Arbeit anwesend sei, wer für sie einen Auftrag erledigen würde, weil für sie einfach alles bedeutungslos, schlicht und einfach ohne Wert sei. Die Hauptsache sei nur, dass die jeweilige Tätigkeit ausgeführt werde. Ich war einfach nur enttäuscht, denn ich hatte mich immer unglaublich angestrengt und fühlte mich eigentlich so, als sei ich etwas ganz Besonderes für sie. Im Grunde genommen aber waren all meine Bemühungen stets umsonst gewesen, denn ich war für sie nichts Besonderes, sondern im Gegenteil, einfach nur *bedeutungslos*. Daraufhin konnte ich meine Tränen nicht mehr zurückhalten. Das alles war so unglaublich traurig und schade zugleich. Es war eine herbe Enttäuschung für mich. Sie gab mir aber zu verstehen, dass nicht ich das Problem sei, sondern sie selbst. Freundschaft und Nähe im Allgemeinen seien für sie nie eine Option gewesen. Sie sagte, sie hätte sich ihr Leben nun so aufgebaut und ich verstand, dass ich für sie sozusagen lediglich eine Störung darstellte. Ich war nun gleichsam zu einer Bedrohung für sie geworden. Mit der Situation kam ich in keiner Weise zurecht. Man kann sich vorstellen, wie mir zumute war. Für mich brach eine Welt zusammen. All meine Träume platzten gleichsam wie Seifenblasen. Nun hatte ich eine Frau, die für mich zu einer guten Freundin geworden war, für immer verloren. Sie war ja schließlich die Person gewesen, die mir Halt gegeben hatte, für die es sich gelohnt hatte, den ungeliebten Arbeitsplatz aufzusuchen. Seitdem war alles anders. Wir konnten nicht mehr so unbefangen miteinander umgehen, wie das vorher noch der Fall gewesen war. Ich merkte, dass mir Élodie nun immer und überall aus dem Weg ging. Ich mochte sie sehr gerne und sie mied mich so gut es ging. Es war so schwer zu verstehen. Ich dachte immer wieder an frühere Zeiten zurück und rief mir gewisse Momente in Erinnerung.

War von ihrer Seite her alles immer nur gespielt gewesen, nie ernst gemeint?

War ich ihr wirklich genauso unwichtig wie all die anderen auch?

Gab sie sich als jemand aus, der sie in Wirklichkeit gar nicht war?

Sie teilte mir damals auch mit, dass ihr im Grunde genommen nur eine Person wirklich wichtig sei und ich vermutete dann, dass sie damit sich selber meinte. Ich wollte es nicht glauben, aber ich denke, sie sagte mir damals die Wahrheit. Wenn ich ihr gegenüber jedoch nie geäußert hätte, dass sie mir wichtig sei, dann hätte ich auch nicht erfahren, dass ich ihr einfach nur egal war und hätte sie somit weiterhin regelrecht vergöttert beziehungsweise angehimmelt. Sprach ich doch wieder einmal mit ihr, weil der Zufall es so wollte, war ich mir nicht mehr sicher, ob sie das, was sie sagte, wirklich so meinte oder ob es bloß leere Worte waren. Immer mehr kam sie mir wie eine Schauspielerin vor. Sie war eine Person, die ihr Programm abspulte und der alle anderen Menschen gleichgültig waren. Sie pflegte mit jedem einen freundlichen Umgang, doch dieser war eigentlich rein oberflächlicher Natur, denn alles war in Wahrheit nur Schein. Sie hatte jahrelange Übung darin, eine Person darzustellen, der sie aber nicht entsprach. Élodie hatte sich das «normale Verhalten» lediglich von anderen abgeschaut und ahmte es nun nach», sagte Aurélie.

Doch was konnte man unter einem «normalen Verhalten» überhaupt verstehen?

Magali erklärte: »Als normal wird wahrscheinlich jenes Verhalten angesehen, welches der Großteil der Menschheit als solches betrachtet. Die Mehrheit entscheidet schlussendlich darüber, was normal ist und was nicht.»

Die junge Frau sprach nun weiter: «In Wirklichkeit empfand Élodie jedes Gespräch, das sie mit ihren Kolleginnen führen musste, als unendlich anstrengend, Energie raubend und vor allem als quälend, manchmal auch einfach nur als langweilig. Ich wusste aber, dass sie das alles nicht aus Bosheit machte, um anderen etwas vorzuspielen. Es war eine Bewältigungsstrategie, ein Schutzmechanismus also, der sie davor bewahren sollte, dass jemand, sollte sie sich so zeigen, wie sie in Wirklichkeit war, nachfragen würde, wie ihr Befinden sei und somit hinter die Fassade blicken könnte. Es gab aber einige, die sie mochten, weil sie unglaublich nett und gesprächig zu sein schien. Eigentlich aber war Élodie eine sehr stille, introvertierte Person, die am liebsten ihre Ruhe vor den Mitmenschen hatte, in deren Gesellschaft sie sich lediglich unwohl und als Außenseiterin fühlte, weil sie wusste, dass sie nicht so war wie sie. Sie lebte förmlich in einer anderen Welt und versuchte diese Tatsache mithilfe ihrer enormen Intelligenz irgendwie zu verschleiern. Die Ratio stand bei ihr an erster Stelle, alles andere war für sie ohne Bedeutung, zweitrangig, nebensächlich, fast schon lächerlich. Sie legte für all die Themen, die für andere wichtig waren, pure Gleichgültigkeit an den Tag. Nur mit Fakten, mit Wissen und Bereichen, die jegliche Emotionen ausschlossen, konnte sie etwas anfangen. Kannte man Élodie nicht besser, so schien sie sich nicht sehr von anderen Menschen zu unterscheiden. Kam man ihr aber in irgendeiner Form näher, bemerkte man ihre enorme Angst, ihre Furcht vor sozialen Kontakten, vor dem gemeinschaftlichen Umgang im Allgemeinen. Manchmal hatte es sogar den Anschein, als würde sie sich am liebsten irgendwo verstecken. Es kam mir so vor, als erstarre sie in Momenten der Annäherung anderer Menschen, vor allem aber, wenn ich ihr zu nahe kam, förmlich vor Angst. Ihre ganze Haltung wirkte dann gleichsam wie versteinert, einfach unbeweglich. Manchmal blickte sie auch mit eher ausdruckslosen Augen gedankenverloren in die Leere. Es konnte durchaus vorkommen, dass in angstbesetzten Situationen entweder ihre Stimme versagte oder aber ihre Hände zu zittern anfingen. Wahrscheinlich verspürte sie auch ein Engegefühl im Brustkorb, welches es notwendig machte, einen ganz tiefen Atemzug zu nehmen. Élodie war aber eine sehr gute Beobachterin. Ihre enorme Kraft, mit der sie den Alltag bewältigte, bewunderte ich sehr. Ich hingegen fühlte mich in der Nähe von Menschen, die ich besser kannte, wohler und vor allem ein wenig sicherer als in Gesellschaft Unbekannter. Fremden gegenüber war ich immer zurückhaltend. Außerdem war bei mir stets die Angst im Hintergrund vorhanden, in irgendeiner Weise mit verletzenden Kommentaren in Berührung zu kommen.»

«Ihre riesengroße Enttäuschung kann ich nur zu gut verstehen. Ich weiß nicht, wie ich in Ihrer Lage reagiert hätte. Ich glaube aber, dass ich mit ziemlicher Sicherheit genauso verletzt und traurig gewesen wäre wie Sie», gab Magali zu.

Aurélie sagte: «Nicht immer war Élodie aber abweisend, wenn ich mit ihr sprach. Hin und wieder kam es auch vor, dass ihre Stimme einen zarten Klang annahm und in solchen Momenten war sie unendlich freundlich zu mir. Am nächsten Tag hingegen folgte wieder ein Blick in die Luft, damit sie mir nicht in die Augen schauen musste. Es fiel ihr – so kam es mir zumindest vor - sowieso schwer, Blickkontakt zu halten. All das musste furchtbar anstrengend, mühsam und vor allem eine Überwindung für sie sein. Dieses ambivalente Verhalten verunsicherte mich maßlos. Wenn ich merkte, dass sie wieder ein wenig zugänglicher war, versuchte ich ihr erneut mitzuteilen, dass ich froh war, dass sie da war, sagte sie doch immer, dass ihre Eltern sie von Anfang an nicht mochten. All das, was sie sich früher so sehr gewünscht hätte, also Zuneigung, Wärme und Geborgenheit, all das konnte ich ihr im Nachhinein aber einfach nicht mehr geben. Es war mir unmöglich, sie in irgendeiner Weise zu erreichen, ihr zu vermitteln, dass sie ein ganz wertvoller Mensch war. Sie blockte in jeglicher Hinsicht all meine Versuche, ihr eine Freundin zu sein, ab. Ich musste also gezwungenermaßen, um ihr nicht weh zu tun, Abstand zu ihr halten und das fiel mir sehr, sehr schwer. Ich war mir dessen bewusst, dass es kein erfülltes Leben sein konnte, wenn einem alles gleichgültig war, wenn man nicht dazu fähig war, Freude zu empfinden, aber ich fand einfach keine Lösung, die es mir ermöglicht hätte, sie aus ihrem eigenen Gefängnis zu befreien, vor allem deshalb nicht, weil sie selbst nicht ausbrechen wollte. Da befand sich also jeden Tag eine Person in meiner Umgebung, deren Zuneigung ich unablässig suchte, die mir unendlich wichtig war, von der ich aber zugleich wusste, sie mit dieser Nähe, die ich ihr schenken wollte, zu verletzen, ihr sozusagen innerlich Schmerzen zuzufügen. Am allerschlimmsten war für mich die Tatsache, dass es so offensichtlich war, dass sie versuchte, mir aus dem Weg zu gehen, dabei meinte ich es doch bloß gut mit ihr und wollte ihr einfach nur meine enorme Verbundenheit, die ich ihr gegenüber empfand, zeigen. Wahrscheinlich musste sie aber genau dann, wenn man emotionale Themen ansprach, an früher denken, assoziierte gegenwärtige Situationen mit jenen von damals und das löste vielleicht Ähnliches aus, wie das in der Vergangenheit der Fall gewesen war. In ihrer Kindheit versuchte sie sich zu isolieren, sich abzuschirmen, um den emotionalen Verletzungen so gut wie möglich zu entgehen. Das war notwendig, um diese schwere Zeit irgendwie überstehen, um überleben zu können. Es musste ja so schlimm für sie gewesen sein, wenn ihre Bezugspersonen, von denen man sich schließlich Liebe und Schutz wünscht, sie stattdessen mit Kälte und abweisendem Verhalten straften. Durch diese Distanz, die Élodie zwischen sich und ihren Mitmenschen aufgebaut hatte, fühlte sie sich sicher, entfremdete sich aber zugleich immer mehr von ihren Emotionen, fühlte sich von ihnen abgeschnitten, weshalb sie später nicht mehr dazu in der Lage war, diese in irgendeiner Form wahrzunehmen beziehungsweise Zugang zu ihnen zu finden. Sie konnte Gefühle nicht mehr zulassen. Sie lächelte, obwohl ihr nicht zum Lächeln zumute war. Sie grimassierte, maskierte sich förmlich und gab sich so, wie man es von ihr in der jeweiligen Situation erwartete, doch innerlich sah es ganz anders aus. Emotionen und Intellekt waren voneinander abgespalten. In gewisser Weise war zwischen ihr und ihrer Umwelt eine unsichtbare Wand entstanden, die nicht mehr verschwinden sollte. Sie stand auf der einen Seite, ihre Mitmenschen auf der anderen und es war für sie unmöglich, die Seite zu wechseln, auch wenn sie es hin und wieder versuchte und ich bin mir sicher - denn es gab durchaus immer wieder Anzeichen dafür -, dass sie das tat. Schlussendlich jedoch gab sie die mühevollen Anstrengungen wieder auf, weil ihr die Sicherheit wichtiger und die Angst stärker als die Zuneigung anderen gegenüber war. Ich wollte sie so gerne auf meine Seite herüberholen, doch war mir dies leider nicht vergönnt. Aus eigener Erfahrung wusste ich aber, dass es nicht einfach, manchmal fast unmöglich war, der eigenen Persönlichkeit sozusagen zu entkommen, denn auch ich war nicht in der Lage dazu, weder meine Ängste noch meine Depression besiegen zu können, lediglich in Schach halten konnte ich sie. Schließlich ist es ja so, dass wir uns unserer Defizite durchaus bewusst sind, dass aber die in uns selbst vorhandenen Zweifel und tief verwurzelten Ängste viel stärker sind als all unsere vielleicht verborgenen Sehnsüchte. Teilte ich Élodie schriftlich etwas mit, was private Angelegenheiten tangierte, so erhielt ich von ihr nie eine Antwort. Vergeblich wartete ich auf irgendeine Reaktion ihrerseits. Das hatte wahrscheinlich damit zu tun, dass sie, hätte sie mir eine Rückmeldung gegeben, Kontakt zu mir aufgebaut hätte, was sie ja mit aller Macht zu verhindern versuchte. Ich wünschte ihr beispielsweise einen schönen Urlaub, woraufhin diese Nachricht nicht beantwortet wurde. Zu Weihnachten oder zu ihrem Geburtstag begann ich damit, ihr Geschenke zu machen, um ihr auf diese Weise zu zeigen, dass ich sie gerne hatte. Manchmal bedankte sie sich, was ihr unendlich schwer zu fallen schien. Meistens sagte sie aber einfach nichts und wir verhielten uns dann beide so, als hätte sie nie etwas von mir bekommen. Mit der Zeit merkte ich, dass Geschenke jeglicher Art für sie lediglich etwas Belastendes waren, denn sie wollte von niemandem abhängig sein, konnte sich außerdem über nichts freuen. Bekam sie etwas geschenkt, so fühlte sie sich wahrscheinlich emotional erpresst oder einfach nur peinlich berührt. Einmal legte ich ihr ein Geschenk auf ihren Platz und als es dann zu einer Begegnung zwischen uns kam, drehte sie sich weg und setzte alles daran, mir nicht in die Augen schauen zu müssen. Sie stellte sich zum Fenster, blickte hinaus und sagte zu einer anderen Kollegin: «*Die Sonne kommt.*» Ich fühlte mich zwar durchaus gekränkt, aber ich wusste, dass ihr Verhalten mit ihrer Persönlichkeitsstörung in Verbindung stand. Schließlich schenkte ich ihr nichts mehr, weil ich nicht wollte, dass das unangenehme Empfindungen bei ihr hervorrief. Sie wusste ja eigentlich auch so, dass ich sie mochte, was allerdings wiederum lediglich Angstgefühle in ihr auslöste. Es war so unendlich schlimm für mich, wenn ich sah, dass sie mit meinen Kolleginnen sprach, während sie mir gegenüber einen riesengroßen Abstand wahrte. Das war wirklich extrem verletzend.

Was mir sehr zu schaffen machte, war die Tatsache, dass sie nun all ihre Korrespondenzen selber verfasste, hatte ich doch immer unglaublich gerne mit ihr zusammengearbeitet. Sie vermied es – so registrierte ich das zumindest -, alleine mit mir in einem Raum zu sein. Lediglich, wenn auch andere Personen anwesend waren, war es ihr möglich, sich in meiner Nähe aufzuhalten. Diese frühere Ungezwungenheit, wenn wir miteinander gesprochen hatten, war schlicht und einfach weg und sollte nie wieder zustande kommen. Das alles fehlte mir so unglaublich, denn während es für sie eine Erleichterung darstellte, sich von mir zu distanzieren, war es für mich lediglich eine Kränkung, die ich nur schwer ertragen konnte. Mit der Zeit versuchte aber auch ich, den Kontakt zu ihr zu reduzieren - ebenfalls aus Selbstschutz. Einerseits wollte ich unbedingt bei ihr sein, was mir aber nicht möglich war, andererseits wusste ich, dass sie mich – wäre ich wirklich in ihrer Nähe – wieder verletzen würde. Manchmal konnte ich Élodie nicht mehr in die Augen blicken ohne dabei Wut und Trauer zu empfinden. Ich fühlte mich so, als müsste ich, würde ich sie ansehen, sofort in Tränen ausbrechen. Die Situation setzte mir gewaltig zu und ich war maßlos enttäuscht. Am meisten tat mir das Wort *bedeutungslos* weh, das sie immer und immer wieder benutzte, um zu verdeutlichen, was ihr mein Freundschaftsangebot tatsächlich wert war. In dieser Zeit war ich so unglaublich frustriert und schwermütig, dass ich - hätte ich nicht mit mir vertrauten Personen darüber gesprochen - an dieser für mich derart aussichtslosen Lage zerbrochen wäre.»

«Ja, ein Mensch, der sich so verhält - den wir zugleich aber unendlich schätzen -, kann einem durchaus das Herz brechen. Da kann ich Ihnen nur zustimmen», betonte Magali.

«Wahrscheinlich kam Élodie auch früher nicht aus Sympathie mir gegenüber in unser Büro, um Arbeiten zusammen mit mir zu erledigen, sondern lediglich deshalb, weil ich schnell im Abarbeiten von Aufträgen war. Alles an ihrer Haltung vermittelte mir damals aber, dass sie mich gerne hatte, denn wir sprachen viel miteinander und lächelten uns immer an, wenn wir uns sahen. Obwohl ich also annahm, dass sie ebenso von einer Persönlichkeitsstörung betroffen war, konnte ich mit ihrem Verhalten, das sie mir gegenüber an den Tag legte, nur sehr schwer umgehen. Schon damals erwähnte ich in meiner Therapiestunde, dass ich annahm, Élodie wäre von einer schizoiden Persönlichkeitsstörung betroffen. Ich besorgte mir jede Menge Literatur zu dieser Thematik und vertiefte mich quasi in dieses Krankheitsbild. Eigentlich - tief im Inneren - erhoffte ich mir nämlich immer noch, Zeit mit Élodie verbringen zu können. Ich wollte das Unmögliche möglich machen. Gewünscht hätte ich mir, dass sie vor unserer Bürotür stehen und zu mir kommen würde. Da ich in gewisser Weise ihren Gegenpart verkörperte – ich war von einer ängstlich-vermeidenden Persönlichkeitsstörung, sie - wie ich also lediglich vermutete, denn sicher war ich mir nicht - von einer schizoiden Persönlichkeitsstörung, die durch traumatische Erlebnisse ausgelöst wurde, betroffen -, stellte es für mich geradezu eine Herausforderung dar, sich ihr immer wieder zu nähern. Auf irgendeine Art und Weise wollte ich sie erreichen, während sie daraufhin stets den Rückzug antrat und auf Distanz ging. Wir verletzten uns eigentlich gegenseitig. Ich suchte die Abhängigkeit, sie jedoch die Unabhängigkeit. Während ich mich vor der Selbständigkeit ängstigte, also davor, ein eigenes Ich zu entwickeln, fürchtete sich Élodie vor der Hingabe. Sie ließ sich auf nähere Bekanntschaften aktiv nicht ein, während ich mit meiner Herangehensweise – da ich im Grunde genommen ja eigentlich wusste, was sie von Freundschaften hielt - dies wahrscheinlich in passiver Form zu verhindern suchte. Da Élodie selbst aber nichts an ihrer Situation ändern wollte, weil sie ihr Schicksal schon lange akzeptiert hatte, konnte ich sie auch nicht dazu bewegen, mit mir gemeinsam therapeutische Unterstützung zu suchen. Ihr war durchaus bewusst, dass bei ihr eine Psychopathologie vorherrschend war, aber für sie war es einfacher und vor allem sicherer, in ihrem gewohnten Zustand zu verharren. Ich fand es extrem schade, dass ich nicht ihre Freundin werden konnte. Mein Mitleid, das ich für sie empfand, war riesengroß, denn auch sie war nicht dazu imstande, ein erfülltes Leben zu führen, weil sie andauernd darauf achten musste, engeren sozialen Kontakten aus dem Weg zu gehen. Élodie war in ihrer Lebensweise eingeschränkt. Sie lebte in ihrer eigenen kleinen Welt, also in ständiger Isolation und reduzierte ihre Außenkontakte auf das Notwendigste. Außerdem sah sie sich keine Filme an. Da sie tief in ihrem Inneren eigentlich ein hochsensibler Mensch war, hätten ihr wahrscheinlich diverse Szenen, die darin vorgekommen wären, sehr zugesetzt und vor allem erneut vor Augen geführt, dass sie gleichsam dazu gezwungen war, für sich selbst ein ganz anderes Leben zu akzeptieren. Sie wäre sich dann ihrer Andersartigkeit in einem noch intensiveren

Ausmaß bewusst geworden. Indem sie ein Dasein, das nur von Arbeit und Einsamkeit geprägt war, führte, versuchte sie sich von den Freuden des Lebens, die für sie nicht vorhanden waren, zu distanzieren. Ich konnte es von Tag zu Tag schwerer ertragen, sie zu sehen, wusste ich doch, dass sie eigentlich nicht glücklich war und ständig eine Rolle spielte, um ihr wahres Wesen zu verbergen, um nicht aufzufallen. Nicht immer gelang ihr das aber, denn manchmal konnte sie durchaus auch unpassende Worte verwenden oder sie schaffte es beispielsweise nicht, ihre Wut, ihre Aggressionen im Zaum zu halten. Außerdem hielt ich ihre bloße Anwesenheit auch deshalb nicht aus, weil ich im Grunde genommen ganz nah bei ihr sein wollte, was aber – wie ich wusste - nicht möglich war. In ihrer Kindheit war es der Vater, der es mit Abscheu betrachtete, wenn jemand von seinen Emotionen überwältigt wurde. Für ihn war man lediglich schwach, wenn man weinte. Man hatte sich unter Kontrolle zu halten und nichts von seinen Gefühlen preiszugeben. Man musste diese stattdessen verbergen, in gewisser Weise also unterdrücken. Für das sensible Kind Élodie war das nicht leicht. Konnte sie ihre Tränen nicht zurückhalten, so musste sie in ihr Zimmer gehen, wo sie der Vater schimpfte und nach allen Regeln der Kunst beleidigte und demütigte, bis sie einsah, dass sie sich zusammenreißen musste. Élodie hatte einfach nicht die Möglichkeit, sich frei und ihrem eigentlichen Charakter entsprechend entwickeln zu können. In ihrer Kindheit wurde sie von schrecklichen Albträumen geplagt. Kein einziger Mensch kümmerte sich aber in solchen Momenten um sie, niemand tröstete sie. Élodie hatte mit all ihren Ängsten ganz alleine klarzukommen. In der Schule war sie nicht so angepasst wie andere Kinder, doch auch hier ließ man sie mit ihren Sorgen alleine. Die Lehrer schimpften sie, wenn sie sich nicht so verhielt, wie man sich das von ihr wünschte, doch niemand versuchte hinter die Fassade zu blicken. Für ihre Klassenkameraden war Élodie eine Außenseiterin. Da sie sich schon früh von ihren Gefühlen distanziert hatte, war ihr die Meinung anderer egal. Lob und Kritik waren für sie bedeutungslos. Alles, aber wirklich alles schien an ihr abzuprallen, einfach abzuperlen - wie Regentropfen von einer Fensterscheibe. Sie empfand eine unendliche Leere, die sie mit nichts auszufüllen wusste als mit Arbeit. So wie sie früher die Aufträge ihrer Eltern übernehmen musste und ihre eigenen Ansprüche nicht wahrgenommen wurden, so behandelte sie sich später selber rücksichtslos. Sie achtete nicht auf ihre Bedürfnisse. Manchmal kam sie mir wie ein

Roboter vor, der mechanisch alles ausführte, was man von ihm verlangte. Kleidung war für Élodie sekundär. Für sie war es nicht wichtig, nach der neuesten Mode gekleidet zu sein. Die Hauptsache war, dass das Kleidungsstück praktisch war und es seinen Zweck erfüllte. Sie arbeitete unermüdlich, nur deshalb, um dem normalen Alltagsleben zu entfliehen. Niemand - kein einziger Mensch - bedeutete ihr etwas. Ihr war es egal, mit wem sie ein Gespräch führte. Personen waren für sie austauschbar. Für sie waren Menschen wie Objekte. Man konnte sie jederzeit durch andere ersetzen. Da Élodie für mich aber so wichtig war, brach mir diese Tatsache das Herz und meine depressiven Symptome wurden neuerlich schlimmer. Es ging so weit, dass auch ich darüber nachdachte, mir das Leben zu nehmen. Élodie fehlte mir so unglaublich. Ihr gegenüber empfand ich mich als lästig, als störend und fand, dass es am besten wäre, wenn es mich einfach nicht mehr geben würde, denn so könnte ich für sie keine Last darstellen. Es wäre vieles leichter, wenn ich nicht mehr da wäre. Ich fühlte mich bedeutungslos, einfach nur wertlos und vor allem unendlich hoffnungslos. Wahrscheinlich wäre es für mich, da ich selber derart labil, in meiner Identität nicht gefestigt, zu empfänglich für die Stimmungen anderer, viel zu leicht zu manipulieren und zu anpassungsfähig bin, am besten gewesen, wenn ich mit der Lebensgeschichte von Élodie, die sie im Endeffekt so schwer traumatisiert hatte, nie in Berührung gekommen wäre. Ich konnte das alles nicht mehr vergessen und ihr Schicksal belastet mich im Grunde genommen bis heute sehr», erklärte Aurélie.

Als sie die Erzählung schließlich beendet hatte, schluchzte sie laut. Obwohl seither schon so viele Jahre vergangen waren, beschäftigte sie dieses Schicksal immer noch. Nachdem die junge Frau schließlich wieder in der Lage war zu sprechen, sagte sie, dass sie schlussendlich gekündigt hatte, auch deshalb, um Élodie, der sie ja doch nicht helfen konnte und deren bloße Anwesenheit sie mit so viel Schmerz erfüllte, nicht mehr begegnen zu müssen. Magali konnte Aurélie verstehen. Diese Situation musste für sie unerträglich gewesen sein, denn schließlich war sie dazu gezwungen, zuzusehen, wie es vor ihren Augen einer Frau, die für sie eine immense Bedeutung hatte und deren Freundschaft sie sich so sehnlichst gewünscht hatte, nicht gut ging - sie aber nichts daran ändern konnte. Auch wenn sie sich noch so sehr bemühte, es war einfach alles umsonst gewesen. Noch dazu fühlte sie sich damals selber immer wertloser, was bei einer depressiven Persönlichkeit mitunter schlimme Folgen haben konnte. Aurélie sagte, dass zwischen Élodie und ihr heute keine Verbindung mehr bestehe und das vor allem deshalb, weil sie selbst ihre «Freundin» nie mehr in irgendeiner Form belästigen wolle, denn die Erfahrung, die sie damals machen musste, als sie nach der Frage nach einer gemeinsamen Unternehmung so brüsk abgewehrt wurde, stecke ihr noch heute in den Knochen. Élodie reagierte einst auf eine derart schroffe Art und Weise, dass Aurélie diesen für sie so schmerzhaften Moment ewig in Erinnerung behalten werde. Es führte ihr schmerzhaft vor Augen, wie unangenehm Élodie ihre Gesellschaft bisher immer gewesen sein musste und diese Tatsache nagte sehr stark an ihrem Selbstwertgefühl, das ohnehin schon bedeutend geschwächt war.

«Manchmal meint man es einfach nur gut, doch im Grunde genommen macht man alles falsch. Man erreicht damit, dass man jemandem helfen möchte, im Endeffekt genau das Gegenteil von dem, was man eigentlich ursprünglich mit dieser guten Absicht bezwecken wollte. Noch dazu wird man daraufhin sogar gemieden. Das fühlt sich beinahe so an, als hätte man irgendetwas verbrochen», sagte Aurélie.

«Ich zweifelte damals sehr stark an meiner eigenen Person und von Zeit zu Zeit dachte ich sogar, dass Élodie recht hätte, denn ich wollte schließlich nicht einmal mit mir selber etwas zu tun haben. Ich konnte mich ja selbst nicht leiden. Es erforderte eine große Portion Mut von mir, dass ich letztendlich kündigte und mir eine neue Arbeit suchte. Ich sah aber ein, dass ich so handeln musste, denn ansonsten wäre ich früher oder später an meiner inneren Verzweiflung zugrunde gegangen. Ich konnte es einfach nicht mehr länger ertragen, zu wissen, dass ich so bedeutungslos für Élodie war, während sie hingegen für mich eine so große Bedeutung hatte», betonte Aurélie.

Magali sah traurig aus, denn all das beschäftigte nun auch sie und man merkte, dass sie die Inhalte dieser Geschichte sehr in Beschlag nahmen. Die alte Dame sagte, dass die Psyche des Menschen nur schwer zu ergründen sei. Sie finde es dennoch in gewisser Weise schade, dass sich Élodie, obwohl sie doch erkennen musste, dass es die junge Frau ausschließlich ehrlich mit ihr meinte und wirklich ihre Freundschaft suchte, schlussendlich nicht darauf einließ, denn manchmal müsse man eben über den eigenen Schatten springen und etwas Neues ausprobieren. Vielleicht wäre man dann sogar dazu imstande, die eigene Lage dadurch zu verbessern.

«Aurélie, Sie sind eine so liebenswerte junge Frau», sagte Magali. «Élodie hat - obwohl sie selber nicht die

Schuld an ihrer Störung trägt - letzten Endes jemanden wie Sie im Grunde genommen aber überhaupt nicht verdient. Ich finde es bedauernswert, dass sie es vorgezogen hat, in ihrer Höhle zu verbleiben, anstatt mit einer so ehrlichen Dame gemeinsam die Freiheit zu suchen. Ich bin mir sicher, Sie hätten sie niemals ausgenutzt, geschweige denn in irgendeiner Weise bewusst verletzt. Ich kann Sie nur dazu ermutigen, sie so schnell wie möglich zu vergessen, denn diese negativen Gedanken, mit denen Sie sich selber quälen, sind sehr schädlich für Ihre zarte Seele und ich bin mir sicher – so böse das auch klingen mag –, Élodie selbst verschwendet keinen einzigen Gedanken mehr an Sie. Tun Sie es ihr gleich und lassen Sie sie los. Sie waren für sie bedeutungslos und das wird leider immer so bleiben. Sie hat beschlossen, ihr Dasein alleine zu fristen und das sollten Sie schließlich akzeptieren, auch wenn es Ihnen unglaublich schwerfällt. Sie hat sich ihrem Schicksal gefügt. Élodie weicht Emotionalem aus, konzentriert sich stattdessen ganz auf den Intellekt und das alles mit der Intention, nie mehr mit den Verletzungen von früher konfrontiert zu werden. Vielleicht erträgt sie ihr Leben so leichter, vielleicht ist es ihre einzige Chance zu überleben. Manchmal verlieren wir Menschen, die uns unendlich wichtig sind, die uns derart ans Herz gewachsen sind, dass wir sie eigentlich niemals wieder gehen lassen wollen. Wir selbst sind nicht dazu in der Lage, daran etwas zu ändern. Wir können lediglich anstatt nach hinten nach vorne blicken. Sie haben zwei Menschen verloren, die schlussendlich verständlicherweise ein tiefes Loch in Ihrer Seele hinterlassen haben. Geneviève nahm sich selbst das Leben, während eine richtige Freundschaft mit Élodie einfach nicht möglich war. Sie war sich dessen bewusst, dass Sie sie mögen und musste Ihnen deshalb aus dem Weg gehen, weil es ihr ihre psychische Erkrankung einfach nicht erlaubte, eine tiefer gehende Freundschaft zu pflegen. Eine Veränderung wäre für sie viel zu schmerzhaft gewesen.»

Aurélie wusste, dass Magali die Wahrheit sagte und dass es für sie am besten wäre, diese traurigen Erinnerungen so schnell wie möglich zu vergessen und im Moment, also in der Gegenwart anstatt in der Vergangenheit, zu leben. Es würde kein leichter Weg werden, den sie nun einzuschlagen hatte – dessen war sie sich durchaus bewusst -, denn ganz tief in ihrem Herzen wird Élodie immer einen Platz haben. Im Grunde genommen wäre Aurélie auch heute noch froh darüber, wenn der Fall eintreten würde, ihre «Freundin» irgendwann einmal wieder zu sehen – selbst wenn diese ersehnte

Begegnung nur von kurzer Dauer sein sollte.

«Danke, dass Sie mir zuhören, das hilft mir wirklich ungemein und gibt mir außerdem Kraft für die Zukunft», sagte Aurélie. «Ich werde versuchen - sollte ich wieder einmal beabsichtigen, einen Schritt zurück in die Vergangenheit zu machen - an Sie zu denken, dann wird es mir leichter fallen, negative durch positive Gedanken zu ersetzen. Sie sind eine unglaublich starke Frau. Ich bewundere Sie sehr. Unendlich froh bin ich darüber, Sie getroffen zu haben.»

Magali war durchaus dazu imstande, mit Komplimenten umzugehen. Sie freute sich darüber, war es doch von Anfang an ihre Absicht gewesen, der jungen Frau beizustehen und ihr somit zu vermitteln, dass sie eine wertvolle Person war, mit der man gerne Zeit verbrachte. Ihr war es wichtig, dass Aurélie in ihrem Selbstwert gestärkt wurde. Sie sollte verstehen, dass es nicht an ihr lag, dass zwischen Élodie und ihr nie eine richtige Freundschaft zustande gekommen war. Auf keinen Fall sollte sie sich selbst verurteilen und sich vor allem nicht die Schuld am Scheitern dieser Verbindung geben. Élodie ging ihr schließlich nicht aus dem Weg, weil sie sie nicht leiden konnte, sondern ganz im Gegenteil einfach nur deshalb, weil sie diesen Abwehrmechanismus der Flucht einsetzen musste, um sich selbst vor Gefühlen, mit denen sie nicht umzugehen wusste, zu schützen. Aufgrund dieser seelischen Belastungen, denen sie bereits früh in ihrer Kindheit ausgeliefert war, entwickelte sich eine Traumafolgestörung, die sich bei ihr in Form einer schizoiden Persönlichkeitsstörung manifestierte. Das Gehirn verändert sich dann dementsprechend, sodass oftmals diverse exzentrische Verhaltensmuster in viel ausgeprägterem Maße als «im Regelfall» vorhanden sind. Ebenso kann es natürlich in angstbesetzten Situationen zu Symptomen einer Posttraumatischen Belastungsstörung kommen, die sich beispielsweise als Intrusionen, also als Flashbacks ihren Weg an die Oberfläche bahnen. Manchmal sind Personen, die von einer PTBS betroffen sind, auch übererregt, was sich zum Beispiel anhand einer erhöhten Schreckhaftigkeit zeigen kann.

«Bekommen wir außerdem ständig vermittelt, dass mit uns etwas nicht in Ordnung ist, so werden wir es am Ende glauben und damit beginnen, an uns selbst zu zweifeln, unsere ganze Persönlichkeit in Frage zu stellen. Diese Suggestionen bestärken uns darin, der Überzeugung zu sein, dass wir anders sind und dass das nicht gut ist, dass wir damit sozusagen nicht dem gängigen Ideal entsprechen.

Muss der Umstand, auf irgendeine Art und Weise anders zu sein, ausschließlich von negativen Aspekten geprägt sein?

Ich denke nicht, denn oft sind es gerade diese sensiblen Menschen, die am meisten verstehen, doch durch ihr von anderen geschwächtes Selbstvertrauen, durch die daraus resultierenden Minderwertigkeitskomplexe, sind sie in ihrer Ausdrucksweise eingeschränkt. Sie trauen sich schlicht und einfach nichts mehr zu. Am schlimmsten ist es, wenn uns unsere Eltern nicht so annehmen wie wir sind. Es ist nur eine logische Konsequenz davon, dass wir uns dann zurückziehen, um uns selbst zu schützen. Wir legen uns sozusagen gleichsam einen Panzer zu und lassen niemanden mehr zu uns vordringen. Bei Geneviève waren es Schulkollegen, später dann Arbeitskollegen, bei Élodie die Eltern und bei Ihnen die anderen Heimkinder, die das Leben unerträglich erscheinen ließen. Nicht jeder ist empfänglich dafür, sich einschüchtern zu lassen. Ist man jedoch nicht mit der notwendigen Resilienz ausgestattet, so wird man schnell zum Opfer. Man lässt lieber alles über sich ergehen, hält Beleidigungen, Demütigungen stand, will allen außer sich selbst gefallen, um bloß nicht aufzufallen, kein unnötiges Aufsehen zu erregen, nicht anzuecken. Man gewöhnt sich an alles. Summa summarum ist es beeindruckend, wozu der Mensch fähig ist, was er alles ertragen kann.

Doch warum das alles?

Das Leben wäre doch viel einfacher, würden wir uns selbst als bedeutsam anerkennen, anstatt uns aufzugeben. Selbstliebe ist schließlich das Wichtigste. Nur derjenige, der dazu in der Lage ist, sich selbst zu lieben, der kann auch andere lieben.»

Mit diesen Worten beendete die ältere Dame das Gespräch und verabschiedete sich. Die junge Frau und Magali sollten sich jedoch in Zukunft nie wieder begegnen. Obwohl Aurélie nun erneut eine für sie sehr bedeutende Person verloren hatte, war es aber schlussendlich ausschließlich eine gute, eine schöne Erinnerung, die zurückblieb und am Ende war sich die junge Frau nicht einmal mehr sicher, ob Magali wirklich existiert hatte oder ob alles bloß ihrer Phantasie entsprungen war. Möglicherweise war es lediglich ein Traum, der sie dazu veranlassen sollte, sich mit ihrem eigenen Dasein auseinanderzusetzen.

Was bleibt, das ist die Erkenntnis, dass die Liebe zu sich selbst Voraussetzung für ein zufriedenes Leben ist. Ausschließlich Menschen, die sich selber so annehmen können wie sie sind, die den inneren Frieden gefunden haben, können offen auf andere zugehen und werden darin auch ihre Erfüllung finden.

♀♀
⚥